守灵夜和葬礼是
老年人的派对

[美] 洛尔·西格尔 著
曾嵘 译

中信出版集团 | 北京

献给生活中以及想象中的"淑女"
献给迪伊、伊娜、莱纳、希拉和苏珊

洛尔·西格尔于纽约
2023年1月

目录

淑女午餐会

露丝、弗兰克和达里奥　　003

有关马提尼和遗忘的日子　　013

洛特是如何失去贝茜的　　019

阿尔比斯元素　　029

软雕塑　　035

李尔娘　　039

在角落里无法看到　　043

淑女午餐会　　049

没有牙齿,没有滋味　　063

其他故事

蒲公英　　069

修复　　077

离婚　　101

肺炎记事	105
卧室课	115
相对时间	119
淑女们的线上会	123
致谢	127
出版历史	129
译后感	131

淑女午餐会

露丝、弗兰克和达里奥

二月的"淑女午餐会"就在露丝的河畔公寓里举行,"淑女午餐会"需要加个引号。在过去的三十多年里,露丝、布里奇特、法拉、洛特、贝茜这五个女人一起变老,每个月都聚会一次,围坐在彼此桌边。她们都在纽约生活很久了,分别来自加利福尼亚、梅奥郡、德黑兰、维也纳以及布朗克斯区,那些地方或许是她们的根之所系,但现在已经不怎么明显了。

"你们都记得的吧,"露丝说,"我们都得讲讲自己的故事?现在,我就有个故事要跟你们说说。"

"太好了。"洛特说。

"很好。"法拉和贝茜说。

"其实是一连串故事,"露丝对她们说,"但结尾却有点令人迷惑。"

"好得很。"布里奇特说。

下面就是露丝讲的故事。

西尔维娅在家里办了个派对,其实是她表姐的葬礼。在派对上,西尔维娅走过来问要不要给我拿把椅子,我对她说:"谢谢你的好心,不过我需要坐的时候自己会找的。"

"给你拿杯喝的?"她问。

我告诉她:"西尔维娅!我能应付。说实话,我拄着拐杖只是为了保持平衡的。"

"所以我不该这么大惊小怪,你要我走开吗?"

"你不必走开。"我们都笑了,然后西尔维娅说她把我的电话号码给了弗兰克,希望我别介意,因为他很想和我说话。

"弗兰克?哪个弗兰克?"

"露丝,你认识弗兰克·布鲁诺啊。"

"弗兰克·布鲁诺,哦是的,我一直以为他叫布鲁诺·弗兰克。"

西尔维娅说:"弗兰克在布利克街的一家画廊工作,他很想了解你的老朋友兼客户,是叫达里奥·达莱西还是什么的那个?总之他想跟你谈谈。"

"那他为什么不过来谈谈呢?"

西尔维娅说:"他说他怕你。"

我觉得很生气:"简直是胡说八道!这到底是什么

意思？他在哪里？"

"就在那边，"西尔维娅说，"刚走出门。"

吃午饭时，露丝告诉朋友们，当她发现自己在等弗兰克的电话，她非常恼火。她说，想到要讲讲老达里奥的事儿，简直就像在一堵厚厚的时光之墙上开了一扇窗户。于是她打电话给西尔维娅，跟她要布鲁诺的电话号码。

"布鲁诺？"西尔维娅说，"哪个布鲁诺？"

"弗兰克，我是说，想和我说话的那个弗兰克·布鲁诺。"

露丝拨通了电话，又立刻挂断了，因为她一时想不起来到底该叫他布鲁诺还是弗兰克，应该是弗兰克吧，她再次拨通电话。"弗兰克，我是露丝。你不是问起了达里奥·达莱西嘛，我的脑子里一下子想起了所有事儿。"

弗兰克说："正合我意！天啊，正合我意。我在谷歌上搜了你，你曾经是达里奥·达莱西的律师吧？"

"是的，"她回答，"他曾经雇了些人来组装，对，就是这个词儿，组装，他的一件雕塑作品，其中涉及一些相关文书工作。所以我就和他一起去了北部的一个飞机仓库，就在那儿，工人们就在一个二十英尺[1]高的黑色旋涡上工作。那可真是我最开心的时候啊，我可喜欢听工匠们聊天了。"

"天啊！"弗兰克说，"你是怎么认识他的？"

露丝说："以前他每次来纽约，我都是在他身边围着的追星族之一。几年后，我去意大利阿尔卑斯山区拜访过他，就在他家里，一处史前悬崖石窟般的住所，如果你能想象在意大利的山腰上开凿一个包豪斯洞穴的话。你认识他吗？"

"我？不，不，"弗兰克说，"只有一次，我看见他从东17街的一家餐馆出来，我跟在他身后走了几个街区，然后他走进一家杂货店，我就透过窗户看着他，看到他又走出来，走进一家酒类专卖店，买了一瓶酒，随后上了一辆开往西边的公共汽车。"

露丝告诉朋友们："我当时兴奋地想，这一定是达里奥去我家路上的情形，我就像看到了三十年前发生的场景一样。但后来弗兰克说，他当时才二十多岁，太害羞了，不敢追上前去告诉这个人自己喜欢他的展览——所以那一定是达里奥早期的展览，也就是在古根海姆博物馆之前的，那是在我认识他之前。我告诉弗兰克，达

---

[1] 1英尺约为0.3米。——译者注（若无特殊说明，本书脚注皆为译者注）

里奥很可能会对此心存感激的，因为他过去常常谈到自己少年得志的孤寂，以及第一次到纽约谁也不认识时的情景。"

弗兰克说画廊刚刚收了一件达莱西的作品。

"哪一件？"

"作品名是《舱门》。"

"我记得，我记得！哦，哦，我还记得我们一大群人坐在一起，喝着一瓶马尔贝克红酒，为达莱西的新作品想名字，用来代替'无题'。必须选一个克莱门特·格林伯格所说的'独立于意义之外'的词，要知道当时我们最喜欢的漫画，就是一个博物馆迷站在一座俄国构成主义雕塑前擦掉一滴温柔泪水的形象。除非真的试过，否则你根本不会知道要想出一个不指向任何对象、任何感觉或任何价值观的词有多难……我曾经在夜里带着'就是它了'的感觉醒来，想着就是'回合'这个词了，但这个词有'冲突'的意味。'正直'这个词也被毙掉，因为可能影射了一些社会或政治行为。真的有太多故事可说了！"我说。

弗兰克说我是座宝藏，问是否可以在某天约我出去吃午饭，但到了约定那天，他又打电话来要求临时改期，说是画廊里一片混乱。不过我已经邀请他有时间来喝上一杯了。

三月的"淑女午餐会"在老罗金厄姆的贝茜家举行。弗兰克·布鲁诺最后也没有去露丝家喝酒，画廊有人打电话来，说弗兰克出国了，等他一回来就给她打电话。

朋友们说："那你就把打算给弗兰克·布鲁诺讲的关于达莱西的故事说给我们听吧。"

露丝说："我去拜访达里奥时有件事一直无法理解。我曾经指着一个男人让他看，是个农民，就坐在村口广场的人行道上，腿上卧着一只小山羊，那个男人握着羊蹄子，就像握着一个小女孩的手一样。达里奥告诉我：'他打算把那只山羊带去宰了。'这件事我后来一直记得，人总是会记得这些不合情理的事儿。"

露丝说："达里奥有一次带我去登山，他就像个登山运动员一样步伐稳健，但我还是赶上了他，觉得非常得意，但随后，我就得坐下来喘口气了，他却一直没有停下脚步。

"最可怕的事是沿着山路往上开车，去看最高山脉上那些古老的房子。你们得明白，达里奥是世界上最糟糕的司机。回来的路上，汽油也用完了。从统计数据来看，我们在路边看到纪念某人摔死于此的十字架，可能都比加油站多，所以当地人开车一般都会带着一罐备用汽油，但达里奥可不是这样的人。于是，我们只好开着车门坐在那里，一直坐啊坐啊，直到送牛奶的卡车路过。送奶工给我们吸了些汽油，才让我们回到阿尔托蒙特。达里奥掏出了钱包，但就算以我的意大利语水平，也能明白送奶工说的，'不，不，不用谢！达里奥先生，不用谢！我只想要你的签名'。我真想知道纽约北部的送奶工有多少会更喜欢德·库宁或马克·罗思科的签名，而不是几张二十美元钞票。"

四月的午餐会在法拉家，露丝向大家报告说弗兰克·布鲁诺又一次取消了约会，因为众所周知，春寒导致的感冒总是难以痊愈，朋友们都笑了。

"露丝，"法拉问，"你生他的气吗？"

露丝说："除非我亲口告诉你我生气，否则这是不可能的。"

贝茜因为丈夫科林身体不舒服，没能参加五月在洛特家的午餐会。

而弗兰克必须处理一个成年儿子的大麻烦，所以依然没能赴最近这次约会。

这就是令人迷惑的地方，也因此激发了四个朋友的想象力。

洛特说："首先，如果有人告诉你，他们遇到大麻烦，或感冒了，或儿子有事儿，那就相信他们吧。"

法拉说："你可以想象一个二十多岁的人羞于接近名人。但一个纽约中年男人无法穿过房间去跟一个女人说话，到底是什么原因？"

"是老女人。"露丝回答。

"还是在一个纽约的派对上。"洛特说。

"是葬礼。"露丝说。

六月的"淑女午餐会"在布里奇特家。弗兰克依然没有去露丝家。布里奇特说她有个故事要讲：

"我问我可爱的二十岁侄女莉莉，是否还记得当年，只要我九十岁的母亲在家，她就拒绝进屋这件事。莉莉说她只记得我母亲的眼镜腿儿就像是从耳朵中间穿过去，而不是架在耳朵上的，所以一直很害怕。她记得自己一直哭，不想进屋。"

"莉莉当时多大？"洛特问。

"六岁吧，也许。"

"这和一个成年男人在派对上不跟露丝说话有什么关系？"

"是葬礼。"露丝说。

布里奇特说："只是另一件不合情理的事儿而已。"

七月初,在大家动身离开去避暑之前,"淑女午餐会"在露丝家继续举行。对,弗兰克还是没来,但他打过电话……

朋友们再次微笑。

"弗兰克说他家隔壁的公寓失火了。"

朋友们大笑了起来。

布里奇特说:"也许真的发生了火灾?"

"有可能。"露丝说。

有关马提尼和遗忘的日子

得见开心老人,不亦乐乎。

——佚名

"我喜欢你的披肩,"洛特对派对上一位漂亮的老妇人说,"又大又美。"老妇人谢过洛特,下意识地向左边瞟了一眼,显然没认出洛特是谁,而洛特脸上的表情也表明了相同的情况。为了不让孩子们费神,她又不能说自己到底是忘了那个女人的名字,还是压根儿就没见过对方。洛特拄着拐杖继续走着,披披肩的妇人说要给她拿杯饮料。

"哦,谢谢,不,我很好,真的,"洛特告诉她,"我自己能拿。"

这时,她看到贝茜站在衣架旁,高兴地走了过去。贝茜说:"我得把拐杖收起来,它可有本事了,总是绊倒别人。"

"你还是想办法从罗金厄姆来了。"洛特说。

"是啊,还是来了。"贝茜说。

"科林怎么样了?"

"科林很好,挺好的,他没事。"

贝茜肯定知道朋友们受不了科林,他是这群人中唯一还活着的丈夫。科林有房,有车,总在抱怨停车场不够用,因为某种慢性重病,已经快被折磨死了。

"那个披着红色披肩的老妇人是谁?"洛特问贝茜。

"辛西娅,"贝茜说,"这里的女主人。"

这时贝茜说她见到洛特觉得很意外。

"有什么好意外的?我第三次打电话问你地址时,你显得非常烦躁,倒可以理解。"

"但你说过你不来的。"

"是说过,好吧,"洛特说,"一想到要离开公寓,我就想带着我的电子书上床睡觉。我有点广场恐惧症,可是我喜欢派对啊。"

"如果你想称之为派对的话,我希望能喝到马提尼酒。"

"这怎么就不是派对了?"洛特跟在自己的朋友身后问,这位朋友似乎非常了解这套漂亮的现代公寓的内部结构。

她们忽然被一个身材极其高大的年轻男人——至少

比她们要年轻——拦住。他吻了贝茜一下，问："有人看见辛西娅吗？"

"他是谁？"洛特问贝茜。

"不认识，"贝茜说，"这让我想起了20世纪70年代，不断被满脸大胡子的学生们拥抱。"

"辛西娅又是谁？"

"这里的女主人，披着披肩的那个女人。"贝茜说。

厨房里堆着各种饮品，贝茜在这里和熟识的人们攀谈起来。洛特向一个独自站着的老男人伸出手说："我和已故的丈夫有个约定，就是每次参加派对，至少要和一个不认识的人聊天。"

"那今天我走运了。"老男人有一张好看的脸。

"那些日子啊……"洛特说。

"有美酒和玫瑰的时光。"老人接了一句。

"我想说的是，那些日子里我曾经认识派对上百分之八十的人，但今天我只认识两个。"

"那你打败我了，我只认识一个，"他说，"告诉我你认识哪两个人。"

"我的朋友贝茜，我认识她半个多世纪了，还有那个披着漂亮红披肩的女人，我刚和她说过话。"

"那就是我唯一认识的人，她是我妹妹，"男人说，

"露丝是我们的姨妈。我刚从奥尔巴尼过来。"

稍微转过身子,刚吻了贝茜的那个身材高大、年纪较轻的男人也加入谈话。

"我们正在说我们谁也不认识。"洛特告诉他。

年轻男人说:"我正在开发一种算法,可以分析与你交谈之人的面部肌肉,告诉你他们的个性,帮你了解他们。"

贝茜给洛特和自己端来了马提尼酒,她说:"坐下来吧,我站不了这么久。"

"来得正是时候,我的开场白已经用完了。"洛特告诉她。

她们把酒端到一张舒服的沙发边,坐了下来。洛特对贝茜说:"再告诉我一遍女主人的名字。"

"辛西娅。"

"我刚和她哥哥聊了聊……"

"是塞巴斯蒂安。"贝茜说。

"露丝又是谁?"

"露丝·伯杰,"贝茜说,"是辛西娅和塞巴斯蒂安的姨妈,她总是让我想起《纽约客》上那幅漫画,就是《莫蒂默的第一任丈夫和她的第二本小说》。你还喜欢派对吗?"贝茜问洛特。

"喜欢。"

贝茜说:"我记得我们过去参加派对时总是满怀期待,总觉得会发生什么事,遇见什么人。但是今天,我到底为什么打扮?我从老罗金厄姆赶过来到底是要干什么?"

"见人,"洛特说,"说话。"

"那你今天聊得愉快吗?"

"不是那种谈话了。这就像老式舞会一样,你和这个舞伴转一圈,再和那个舞伴转一圈。"

"那你玩得开心吗?"

"是的,很开心。"

贝茜环顾着房间,她的表情告诉洛特,科林一定有事。"你今天有什么开心事?"贝茜问洛特。

"让我想想。首先,据我所知,孩子们都很健康,经济条件也还过得去;第二,我的右膝盖今天不疼;第三,我喜欢看着……哦对了,她叫什么名字来着?"

"辛西娅。"

"……看着辛西娅那件华丽的红色披肩,还有她哥哥……?"

"塞巴斯蒂安。"

"……那张好看的脸。我喜欢待在这些漂亮的房间里,坐在舒服的沙发上,喝着上好的马提尼。我喜欢听着身后派对传来的声音和你说话。"

"是葬礼的声音。"贝茜说。

"又是葬礼?谁的葬礼?"

贝茜说:"这是辛西娅和塞巴斯蒂安的姨妈露丝·伯杰的葬礼啊。"

"哦,是哦!"

"这是谁说的来着?说守丧和葬礼是老年人的鸡尾酒会?"

洛特是如何失去贝茜的

> 即使两人曾是心灵相通的好友,但到了一定年纪,他们就不再为了重逢而出门旅行或走出家门。[1]
>
> ——马塞尔·普鲁斯特

贝茜,我亲爱的朋友:

你能不能让我明白,我到底犯了什么罪应该受到惩罚,导致你对我视而不见,听而不闻。就算我们碰巧在拥挤的音乐会过道上挤来挤去,难道也听不到有人叫自己的名字吗?还有,顺便问一句,你进城了为什么也不告诉我呢?你到底住在哪里?我需要真切地碰触到你的手肘,然后,我们就会对彼此微笑。你知道我心里那些小小的感叹,那些开心,一直以来都是因为见到了你

---

[1] 引自《追忆似水年华》,马塞尔·普鲁斯特著,徐和瑾译,译林出版社,2010年。

啊。难道你根本没看见我就坐在你那排的左边,只隔了三个座位吗?我们的眼神确实不如过去那么好,这是事实,你当时又忙着找座位,但你并没有坐在我旁边的空位上。后来我才看到,原来你身边还有别人。

"你还记得安斯蒂丝吧。"你这么介绍着。现在的我已经不怎么记得住名字了,但任谁都不太可能忘记安斯蒂丝。她是个出类拔萃的人,一定已经九十多岁了吧,比你我都高半个头。她对我说:"我曾带你去看过我在老罗金厄姆的房子。"你接过话说:"就在科林家右边,科林曾经想让你买的那座。"这个时候,我真不该接话:"好让他当停车场。"不仅如此,我还补充了一句:"还完全无视我是否负担得起。"这时你问我:"我有没有告诉过你,我们在曼哈顿买了间小小的备用房?""你没有告诉过我。"我答道。你也没让我跟着你和安斯蒂丝一起去找座位。

贝茜,你和伊莱,还有马修和我,我们四个以前还有什么事没一起做过吗?我们周五晚上一起看电影,感恩节聚会和逾越节家宴也全都在一起。此外,多少个新年我们曾彼此陪伴,多少个夏天,当我们四人组的最后一个完成最后一门考试,我们一并踏上去威尼斯的旅程?还记得水上巴士上除了那三个背着鼓鼓囊囊背包的荷兰学生,还有那个美丽的威尼斯老奶奶以外,别无他人。你说她的头发和长外套全都散发着白蜡的色泽,她的小孙子和我们搭同一班晚班飞机到达,头枕在她腿上就那么睡着了。"真不敢相信你真的住在这里!"我对她说,她随手指了指左边的路口,示意她家就在那边,就在泽维宫。我想我们都等她邀请我们呢,但她只是告诉我们在哪里下巴士以及如何找到旅馆。

还记得在威尼斯空荡荡的街道上拖着行李闲逛的刺激和浪漫吧,整座城市都入睡了,除了一群喝得醉醺醺的快活年轻人坐在紧闭的酒馆外一张桌旁,桌子上方垂着一圈葡萄藤。他们的衬衫闪耀着月色,其中一人站了起来,举着满满的酒杯当作灯塔,带着我们穿过两个街角,找到了小旅馆。但这里也关门了,透过镶嵌玻璃,我看到店员坐在折叠小床上,胳膊支着膝盖,下巴托在手掌上睡着了。带我们来的威尼斯年轻人一边说着意大利语一边砰砰敲门,直到店员起来把钥匙交给我们,随后又扑通一声倒回小床上。那个衬衫闪耀着月色的威尼斯年轻人已经回到葡萄藤下的朋友们身边了吧,我们把行李搬上楼梯,终于也倒在了自己床上。

我们的男人彼此欣赏,这让你我非常开心。马修不断开着玩笑,以弥补自己身高才五英尺的短板。他完全没办法控制自己。据他估计,自己三分之一的笑话大获成功，他那时最大的人生计划就是要消灭那些不成功的笑话。伊莱的计划则是要留络腮胡子，但我记得，从那时看，未必能成功。

还有，贝茜，我们坐着贡多拉[1]经过的那堵墙，因水、天气和时间的长期侵蚀而变得坑洼历历，斑驳层层。伊莱说："老奶奶没有邀请我们去她的府邸，是因为威尼斯的宅邸都没有内饰。"马修说："但总有一面墙对着另一条运河，在那里，贡多拉正在航行。"我说不清楚自己当时是否也想了这么多，但现在想想，那时我真的爱着我们四个人。奇怪吗？不奇怪吧。我当时愿意用自己的生命打赌，真的用生命打赌，我们的友谊一定会持续到晚年！

男人们正埋头研究地图，所以没有看到一扇门打开。一个仆人将脚伸到满是青苔、被水花轻柔拍打的垫脚石上。你和我从门洞望进去，看向那个想象空间中的花园，在那里，从白色大理石浴缸里长出了巨大的蕨叶，一直悬垂到下面的露台上。你还说这些绿叶跟你小时候养在火柴盒里的那只小虫子的颜色一样，只是那只小虫子早就死了。而那个仆人，把桶转了最后一圈，桶底的东西甚至没有完全倒干净，就后退一步，关上

---

[1] 威尼斯的一种代步小舟，造型别致，轻盈纤细。

了门。

最后,你嫁给了伊莱,马修则和我结了婚。我们一直在身边看着你们吵吵闹闹,美美满满。而马修去世后那可怕而漫长的一年里,就算兄弟姐妹也做不到比那更亲密的陪伴了吧。

伊莱还记得你最初曾想让科林和我在一起,因为你无法忍受我孤独悲伤。"他身材高大,又英俊帅气,还有一条船,"你曾这么告诉我,"我们全都要去他康涅狄格州的家里过周末。""我不去。"我说。"你必须去!就是你,你!"你这么回答,"他在普罗旺斯的艾克斯也有一栋房子。"我忍着没问出口,以你对我的了解,为什么会觉得我受得了科林·伍德沃思呢。也许我根本没忍住?我只记得你看起来很失望,问我:"你觉得他不够棒吗?"我回答说:"科林给我画了两条从我家到他老罗金厄姆家的开车路线。""好吧!"你说,"他可真够讨厌的,竟然想替你导航!"贝茜!那荒唐的一人多高的木栅栏是用来防止海湾街的行人偷看科林·伍德沃思家草坪的,它简直就像把花园藏在盒子里似的。

哦,还记得他家后面的露天平台吧!俯瞰着巨大的弯弯曲曲的蓝色海湾,来来往往的船只看起来就像许多白色的小三角。我们躺在被阳光晒得暖暖的木头上,喝着马提尼酒。我真想让科林闭嘴,不要再谈老罗金厄姆的新群体了。他不断絮叨,说对那些人来说,协议的价值都比不上写协议的那张纸值钱。"那是什么群体?"我问。这时伊莱趁机站了起来,问是否有人想去村里走走看看。你回答说:"科林指的是左边那个讨厌的邻居。"科林说:"就像八号的贝恩斯一家,这些人都只为自己活着。"关于这一点,"我说,"他们大概与你我,以及大部分我认识的人一样。""我不知道你什么意思。"科林说。他拿出一张刚拍的拍立得照片,上面是贝恩斯家的丰田车,正厚颜无耻地公然停在科林用手指着的公共停车场假想中心线,偏向伍德沃思家的一侧。于是我说:"但这是不是由于我无知,把车停在了贝恩斯家那边导致的呢?"伊莱问你要不要一起去散步,你说:"不去。"科林回答:"他们纯粹是挑衅。我已经和我波士顿的律师谈过了。"

第一次拜访结束后,在开车回家的路上,你说:"他真是个完美的主人。""马提尼酒很好喝。"我回答。"如果你喜欢博物馆的话,村子也很不错。"伊莱接着说。这时,你说:"嗯,我觉得他很可爱。他其实是个慷慨、有爱心的人,你不觉得吗?""科林·伍德沃思就是个浑蛋,你很清楚这一点。"我真不该这么说。因为当科林打电话来邀请我下个周末一起去玩时，电话里的声音既友好又善良，让我觉得自己既刻薄又有点内疚。他说给我寄了一张新的路线图，至少能节省二十分钟时间。我问他你和伊莱会不会去，他说，是的，你们会去。

关于科林，我只记得我们之间的那次对话。那是在你和伊莱分手后，伊莱去了伦敦，你来告诉我说你要搬到康涅狄格州："我爱上了一个可能不符合你口味的人，你为什么这么惊讶？我觉得他很可爱。""我相信他对你而言是那样的，我看得出来。"我说。"他要是也喜欢我就好了，这会是伊莱之后的一个好变化。""好吧，那我会去喜欢科林的，"我向你保证，也向自己保证，"我会的，我会为了你而喜欢科林的。""你周末一定要来，"你说，"明年夏天还要和我们一起去普罗旺斯。"

我试着回想：你到底从什么时候开始不再邀请我了？我又是从什么时候开始嫉妒，从什么时候开始后悔自己没有什么好地方可以邀请你去？我不知道我怪你，是否因为我从没对他友好过，跟别人也没说过他的好话（在我和伊莱的电子邮件里，都称他为柯林斯先生）。你是知道的，我在伦敦那一周和伊莱待在一起。有意思的是，从那之后，我们彼此写邮件时，再也不能简单地写下"爱你的伊莱"和"爱你的洛特"——"爱"这个词已经变得沉重起来。那件事发生在你和科林结婚之后,但当然之前我就一直试图搞清楚,性就是这个样子的吧,如果它让人耿耿于怀的话。耿耿于怀。除了这件事之外,那以后的这些年里,你每次进城也依然和我住在一起,我们一起去看戏,一起去参加科林不喜欢的派对,我们还会聊天。(伊莱和我一直很想知道,除了依然激烈的停车大战之外,你和柯林斯先生还会聊些什么。)

你和我以前经常聊啊聊。稍等一下。我去找本简·奥斯汀的小说。就在这里,这是爱玛对韦斯顿夫人的看法,这位朋友"关心她的每一次快乐、每一个心意,这是爱玛可以倾诉衷肠的一个人"[1]。贝茜,这就是我和你啊,直到你学会说"无论如何"(anyway),这个词的意思只能理解为:"当你停下要说的话时,我们就可以回到我刚才说的事情上。"所以,亲爱的贝茜,到了现在,在我这辈子最容易忘掉一个名字或者一个关键词的时候,当我心里涌起一个念头,却要思量再三。贝茜!你确定你真的不想再听我说我想说的话了吗?或者,贝茜,你是觉得我好像没在听你说话吗?

---

[1] 引自《爱玛》,简·奥斯丁著,孙致礼译,江苏凤凰文艺出版社,2016年。

中场休息时我去找你。我们就站在那里聊天。我是说，你和高龄的安斯蒂丝坐在座位上，而我站在那里。我脑子里涌起的想法是，你、伊莱、马修和我过去总是去听音乐会，不过那些音乐家的名字我已经不记得了。我问你和安斯蒂丝音乐会结束后要做什么，好像你们约了老罗金厄姆附近的一些人一起吃晚饭。你说："'淑女午餐会'再见，如果我提前来城里，会给你打电话。""太好了！"我这么回答，只需要提前给我一点点时间。"好的。"你说。于是我回到了自己的座位。

音乐会结束后，我站在外面的人行道上，等着跟你挥手告别。你被一小群穿着考究、气色不错的老夫妇包围着，上了出租车。你的手扶在安斯蒂丝的手肘下，我看得出来，你只是简单地没有看见我罢了。

下次我们讨论这个话题吧：这个"简单"到底有多简单？我会给你打电话的。

爱你的

洛特

阿尔比斯元素

新年刚过没几天,杰克就给霍普打了个电话:"我们一起吃午饭吧,我想到了一个想讨论的主题。"无须特别说明,地点肯定是普罗旺斯咖啡厅,也无须说明时间,只要在正午前十五分钟到,他们肯定能找到一张靠窗的桌子。

他们拿来菜单,听了听当日的特色菜。霍普说:"我每次都想点不同的东西。"但他还是点了洋葱汤。杰克说着"我应该吃鱼。再来一瓶你们的梅洛葡萄酒",点了一份法式豆焖肉,他告诉不苟言笑的老板娘,"现在就上"。

"沙拉我们就点一份吧。"霍普说,同时发现杰克正盯着老板娘走向酒吧的方向。对于一个五十多岁的女人来说,她穿的裙子实在太短了。霍普以杰克的眼光打量着她裸露的那双棕色、健硕的长腿。

身材高大、面色黝黑、表情阴沉的杰克,这时转向了霍普。

"我们开始?"

"可以啊,你说。"

杰克说:"我想要讨论的主题是,如果我们还会许愿的话,你的愿望会是什么?"

霍普的兴致顿时高涨起来:"让我想想,你先说。"

杰克说:"我想多留心我吃的食物。体重倒不是问题,问题是我不停地想吃东西。除非杰里米来我这边,否则我吃的大多不是正经食物。"杰里米是杰克的儿子。

霍普说:"我想我的愿望应该是在看完想看的节目后,把电视关掉。因为早上醒来时它会一直闪,真不舒服,感觉很堕落。"

杰克说:"还有在读完书架上的书之前,不再从亚马逊上订购。"

霍普说:"即使没人来家里,也要把衣服挂起来。诺拉管我很严的。"诺拉是霍普的女儿。

酒端了上来,杰克检查了一下标签,闻了闻瓶塞,尝了尝,点点头。沙拉也端了上来,霍普帮忙放了两个盘子。

杰克指了指霍普向上盘起的头发。"非常迷人。"他评论了一句。

"谢谢。我还有个夙愿呢:学法语。我们刚从巴黎回来时，我那个老师叫什么名字来着？我仔细算过，我在学校一共学了十一年法语，但每次需要开口说话，都要靠你。"

杰克说："我想学会如何祈祷。"

霍普隔着桌子看了杰克一眼，想看他是不是在耍宝。杰克正全神贯注地把叉子上的整片生菜塞进嘴里。

霍普说："我永远都不明白为什么不把它切成小块。"

洋葱汤上来了，法式豆焖肉也上来了。杰克问霍普想不想回去。

"回去？回巴黎！"杰克和霍普各自与另一个人结婚之前一直住在一起。后来杰克与妻子离婚，随后妻子去世。而霍普现在是寡妇。

"回巴黎，回艾克斯。"杰克说。

"有件事我一直想问你，"霍普说，"你和我曾经一起在花园里待过吗？我们曾在百年古树下走过吗？在法国或英国时，我们曾躺在草地上仰望过树冠吗？那是座非常古老的英国花园吗？是书里写的那种花园吗？"

"有什么能阻止我们？"杰克问。

当然，有很多原因可以阻止他们回去。就在此时此刻，就有两个最小的孩子正将鼻子贴在餐馆的窗户外面。十岁大的本杰明把两只大拇指塞进耳朵里，对着爷爷扇动其他手指。而霍普则做出一副要穿过玻璃抓住外孙女手的样子，小米兰达大笑了起来。"我去趟洗手间。"霍普对在外面人行道上的女儿诺拉用口型说。

"什么？"诺拉用口型回答，她的表情因恼怒而变得有点尖锐。"她知道隔着窗户我听不懂她的话。"诺拉对着杰克的儿子杰里米说。婴儿车里的朱莉尖叫起来。杰里米对诺拉说："你和孩子们待在一起，我进去接他出来，再看看她想要什么。"

杰里米走进餐厅，经过杰克和霍普，朝一个角落走去，一小时前，他才在那里收起了父亲的轮椅。霍普站了起来，绕过桌子，吻了吻杰克，杰克也回吻了她，然后互道再见。

"快点，爸爸！"杰里米说，"我还得回办公室去。"

"我会给你打电话的，"杰克对霍普说，"下次一起吃午饭。"

霍普隔着窗户对女儿用口型说话。

"朱莉，闭嘴，求你了！妈妈，什么事儿？"

霍普指了指女洗手间的方向，诺拉做了个手势："需要我和你一起去吗？"

霍普摇了摇头，不需要。之所以选择普罗旺斯咖啡厅，就是因为这里的洗手间就在街面这一层，不用沿着长长的楼梯走到地下室。

霍普拿起外套和包，打开了女洗手间的门，从洗手盆后面的镜子里，她看到自己的头发从发卡里散落出来。于是她把发卡取下来，站在那里，凝视着镜子里的老妪，齐肩的白发像少女那样披散开来。霍普似乎看到了黛安娜·阿尔比斯[1]或许也曾经看到过的东西。她凝视着，惊恐不已，同时也引发了她的兴趣："嗯，我又有个新话题了：关于老年的阿尔比斯元素。"霍普期待着下次杰里米和诺拉方便时，再次在普罗旺斯咖啡厅为他们安排午餐，到那时一定要跟杰克说说这个。

---

[1] 黛安娜·阿尔比斯（Diane Arbus, 1923—1971），美国新纪实摄影最重要的旗手，摄影对象主要为穷人、畸形人、流浪汉、变性人、同性恋者、裸体主义者、智障患者等。

软雕塑

"我的生日派对是在三月份。"伊卡告诉布里奇特,换季时节,这两位老友走在滨河大道上,这时她们再次意识到,华氏49度(约为9摄氏度)的气温下仅穿一件外套是不够的。伊卡说:"我收到了一份看起来很有灵感的礼物,是……一个……一个……骨头长在外面的那种动物叫什么?一个……?"伊卡皱了皱眉,这一刻,因为一时想不起词来而显得不耐烦,微微有些恼怒。"布里奇特,"她说,"最明显的是,它能自己背着屋顶,方便地背在背上……你想到的第一种动物是什么?"

"乌龟。"布里奇特说。

"一只小乌龟,"伊卡说,"Eine Kleine Schildkröte。The Kröterl。[1] 就在希特勒吞并奥地利那一周。"

布里奇特停了下来,转身看着自己正在说话的朋

---

[1] 德语,意为"一只小乌龟,名叫 Kröterl"。

友。"我不可能记得那六七个小女孩中到底是谁带来了这令人尴尬的东西。那东西坐在那里,什么也不干。只是坐着,我们挤它,推它,戳它,拨弄它,它就把头缩到屋顶下面,一动也不动。幸好我母亲来救了场,她把孩子们全带进了浴室。你必须明白这是维也纳的一间浴室,而且是在20世纪30年代。妈妈还得去找火柴,点燃壁挂式燃气加热器,加热的水刚刚没过浴缸底部。她把小乌龟Kröterl放了进去,结果它立刻开始行军,以奥林匹克竞走的速度绕着浴缸一圈又一圈地前进。

"第二天,三个穿褐色制服的人走了进来,要求我们在24小时之内离开公寓。"这时伊卡皱起了眉,因为发现自己一次又一次回到那永不改变的故事中。

布里奇特的眼泪几乎哽住了喉咙,她开口问道:"那你能去哪里?"

伊卡回答:"他们把我带到伊迪丝家,她是我在学校里的朋友。妈妈和爸爸在那儿找到了床……到处都是人。"

布里奇特是作家,自己也有一段复杂的爱尔兰往事,她继续走着,留意到自己对三月乍暖还寒的刺骨天气,以及"公寓"(apartment)这个词的含义,有了更加丰富的理解:在尚能"分离"(apart)之时被迫离开,一朝失去,就意味着被拒之门外,顶无片瓦。没有房顶。

"那乌龟呢?"布里奇特问伊卡,"你带着它一起去了?"

伊卡想了想说:"我回头看了看,没看见……Kröterl没有和我一起去伊迪丝家。"

布里奇特说:"但你记得自己离开,走出了公寓门对吧?是你母亲拿着它?还是你父亲?"

"我所记得的,"伊卡说,"是我们旧公寓的浴室,很多个早晨,我父亲在皮带上磨他的剃须刀,那个皮带是……是连在门把手上的吗?那声音听起来真像蓝胡子的声音,可怜的爸爸!还有我总是遇到的晦气事儿。我天黑后不喜欢上厕所,因为浴室的门后,爸爸的毛圈浴衣就挂在妈妈的浴衣上面,经常擦到我的肩膀,就像是幽灵的袖子。"

布里奇特很喜欢引述亨利·詹姆斯的话。她记得詹姆斯曾经回忆维多利亚时代一个乡村周末餐桌上的女士,这位女士说起一位孀居贵妇如何不愿搬出她的家。这让他萌生了一个想法,就是如果这些旧的八卦止于被他称为"现实混乱"的细节而无法被利用,他倒是很愿意在自己的下一部小说里采用。

"在希特勒吞并奥地利之前,"伊卡说,"我们常在山里避暑。我一直想问问母亲,关于那些随着我们回家的"龙胆"。那是一种高山蓝铃，就长在地上，没有茎。到底是谁送来了这么多如此蓝的蓝色花朵，只有浴缸才放得下？"

"不管是死是活，"布里奇特有点焦虑地说，"乌龟一定去了什么地方。"

"我的孩子们还小的时候，"伊卡说，"我曾经给他们买过一个填充玩具，一件软雕塑，就是一只绿色的Kröterl。你知道-erl是维也纳语的后缀，如果换成德语，应该叫作Krötchen，它肯定还在公寓附近的什么地方。那就是个布袋玩偶，你可以把手伸进去，让它把头缩回到毛绒屋顶下面。"

"所以，"布里奇特说，"你用MyKroeterl38@usa.com做你的邮箱名对吧。我每次给你写信都是发送到这里的。"

"是的，"伊卡说，"这就是我的地址。"

李尔娘

贝茜说:"难道我们不是一直都觉得第一幕里的李尔王,在他正式发疯之前,就是个愚蠢的老头儿吗?""淑女午餐会"桌旁的朋友们留心听着。"不过后来,"贝茜接着说,"我们也老了,也都有了女儿。昨天,伊芙和珍妮到老罗金厄姆来告别……"

"她们要去哪里?"法拉问。

"……就是来告别的,"贝茜接着说,"在科林越来越需要我的时候。"

"但她们不是科林的孩子,她们是伊莱的孩子,对吗?"法拉问她。

"是的。她们计划去伦敦和父亲待一周。会离开一个月,一个多月,也许更长吧,去西班牙、意大利……"

"你不为她们感到高兴吗?"法拉鼓励着她。

"唉,这就是问题所在啊,"贝茜说,"可怜的老李尔需要的是他成年的女儿们对他夸张的爱的证明,真正孝顺的孩子表达的理性情感只会让他暴怒。"

洛特说:"看在上帝的分上,你的孩子们为什么要花天知道多少年的青春时光坐在家里照看继父呢?"

"怎么了,洛特,"贝茜说,"你是在向我解释我觉得我正在向你解释的东西吗?这就是我正在说的事儿啊。这当然是无稽之谈,但是,但是……但是为什么她们一离开,我就觉得自己像个被母亲抛弃的孩子呢?"

"因为你曾经期盼着她们的殷殷看护?"[1]法拉引述着《李尔王》。

"见鬼,不!上帝啊,不是的!"贝茜说,"可是,可是……"

作家布里奇特说:"如果你没有预先诊断出自己身上李尔娘的那一面,你就能成为自己故事里更好的主角。现在这情况,情节没法展开。"

"给我分配个角色吧,"贝茜笑了起来,"看看我能不能演。"

"你能不能感受一下,负心的孩子比毒蛇的牙齿还令人痛入骨髓的感觉,也许还会诅咒她们无法生儿育女?"

---

[1] 本篇中《李尔王》的相关引文皆摘自朱生豪译本,译林出版社,2013年。

洛特说:"我儿子萨姆提出要给我找个24小时家庭看护时,我都没想起来应该诅咒他。"

"我们真无聊。"贝茜说,"我们的命运只能造就体面的主角,我们演不成悲剧。"

退休律师兼老激进分子露丝说:"你可以试着去演可怜的李尔王转向了左翼。让自己去体会一个穷人所受的苦,如何?然后分一些福泽给他们。让上天知道你不是全无心肝的人。"

"是啊,是啊,"贝茜说,"只不过我们从风雨中回到屋里,围坐在桌旁,像通情达理的老太太一样诊断着自己的悲伤。孩子们不会相信,当我们环顾桌子,看看谁会是下一个时,有多么平静。"

在角落里无法看到

午餐吃完后,大家又聊了一会儿,觉得筋疲力尽,于是我们继续围坐在俯瞰着哈得孙河的窗边桌子旁,小口喝着葡萄酒,接着又倒上一杯。就在这时,布里奇特问大家对"找到自我"这个概念有什么看法。"在荷马、莎士比亚或《圣经》中,有没有一个人物会让人想起问一句'我是谁'?"

"除了李尔王之外,因为他曾经问过:'谁能告诉我我是谁?'"法拉说,然后谈话中断。她说:"你们不喜欢'他以为自己是谁?'或者'你以为自己是谁?',后面加上一个夸张的感叹号这种问题吗?"

霍普的椅子朝向东面,她一直在观察隔壁屋顶上的人,这时她说:"他们在开派对,却没邀请我!"

"你认识这些人吗?"露丝问霍普。

"不认识。"霍普回答。

伊卡说,她对自我的寻找从外婆伊隆卡开始,她的名字就是沿用外婆的。"她在我出生前就去世了，但我见过一张古老的深褐色照片——实际上是两张，从两个不同的角度通过一扇开着的门拍摄她的卧室。马利姨婆以前让我拿着……叫什么来着？3D眼镜……看过这些照片，在星期天的下午，我母亲的堂表兄弟姐妹们常常聚在她位于维也纳郊外的公寓里，我不记得父亲在不在。坦特·马利又胖又老，长着一张甜美可爱的脸，她最后和马克斯小舅舅去了毛特豪森。

"3D眼镜的魔力让水杯里的花和玻璃都变得更立体，穿着钩织短睡衣坐在那里的深褐色外婆显得更真实。"

洛特皱着眉恼怒地说："我永远都弄不明白，为什么3D或虚拟的东西比我们眼前的真实更让我们兴奋……"

"模仿，"法拉说，"是亚里士多德还是我说过来着？我们喜欢相似之物，我想，我们是在其中寻找自我吧。"

伊卡顺着自己的思路继续说："房间的左边有光线，所以角落里一定有一扇无法看到的窗户？深褐色卧室的秘密。有人摘了朵花，把水倒进杯子里，有人把杯子放在床头柜上……"

"我就是这个意思！"洛特烦躁地说，"就是这些能说明我们是谁，我们被想象中的一张旧照片中走出的人激发了温柔的兴趣,却对此时此刻从我们窗前经过的邻居毫不在意?"

"我妈妈找到了旧冰鞋,"伊卡继续说着,"穿着睡衣溜冰的外婆简直让我震惊。我是说,溜冰鞋是什么时候发明的?"

露丝看了看智能手机,回答道:"公元前3000年。"

"看哪!"霍普说,"看!屋顶上那些人!他们把蛋糕拿出来了,是个生日派对。"

"生日,"贝茜说,"人们常说错过了自己的生日,或孩子的生日,或毕业典礼。但谁能说出任何一件有意义的事,发生在生日派对、毕业典礼、感恩节聚会、逾越节家宴、婚礼,甚至是……"

"葬礼。"法拉接了下去。

露丝说:"下次的'淑女午餐会'在我家举行。主题是,说一件让我们了解'你是谁'的事情。"

在露丝家桌旁,也就是下一次"淑女午餐会"上,我给她们读了我写的自己在第一个英国寄养家庭第一个早晨醒来的故事:

> 就在那里,一个抽屉柜上,放着妈妈为我收拾好的手提箱。我躺在一张陌生的床上,不

知道自己该怎么办。不一会儿，我站了起来，慢慢地穿好衣服，打开通往过道的门。人们都去哪里了？头天晚上，一个穿皮大衣的老妇人和她的女儿把我从车站接来，带到了这所房子里，当时所有房间都亮着灯，好多人微笑地看着我。一个系着白色长围裙的女仆把我带到楼上的浴室，放了一盆洗澡水。我明白她想让我进去，但我觉得不好意思，不肯脱衣服。到了早上，我都不记得自己是怎么被带到这间卧室的。我走到过道里，倾听着寂静的声音。有一扇门微微开着，我朝里面看了看，看到一个梳妆台，镜框里塞着几张照片，镜子里映照出一把刷子、一把梳子和一个心形针垫。我轻轻推了一下门，跟自己说我只是不小心碰到的。然后，露出了床的一角，上面盖着一条闪闪发光的绿色床罩。我知道自己不该走进别人的卧室，也不该往里面张望。但我到底可不可以——还是说我必须走下这些楼梯呢？我蹑手蹑脚地走下楼，看到好几扇门，但全都关着。

"卧室，"贝茜说，"我插一句，罗伯-格里耶说过，在我们解释墙壁的颜色，或者与这件或那件家具形成的关系之前,我们属于最早的地理环境的一部分。试想一下!想象自己躺在最初那间卧室的床上,完全知道自己的脚指向哪个方向,也记得门和窗户的相对位置……"

"所以你把自己定义为住在最初卧室里的那个人吗?"露丝问。

"我为什么一定要定义自己?"贝茜问。

我说:"好吧,我就是个一直讲述往事的流亡者。"

"而我,"霍普说,"是不请自来者。"

"你不是,"洛特说,"你本来就在'淑女午餐会'上。为什么我是在派对上跟所有人唱反调的那个人呢?"

"我呢,"法拉说,"是提出各种想法,但没人感兴趣的人吗?"

"你呢?"露丝问布里奇特,"是你让我们问自己是谁的,你怎么说?"

"没有'谁',"布里奇特说,"我觉得这是个愚蠢的问题。"

淑女午餐会

洛特家的公寓很宽敞，这很重要。洛特喜欢吹嘘说，她躺在床上，透过两座最近的水塔，穿过从曼哈顿的屋顶上很少有人会留意的各种奇奇怪怪的建筑，能一眼看到帝国大厦。

从洛特的起居室能看到哈得孙河上的交通状况，最远能看到乔治·华盛顿大桥。天鹅绒沙发上，家庭看护正坐着看电视。

"把她赶走。"洛特说。

萨姆降低了声音，好像这能让母亲也降低声音一样："一找到接替的人，就换。"

"把新来的也赶走。"洛特说。

萨姆说："我们会继续面试的，直到找到合适的人。"

"能让我吃面包和黄油的人？"

"妈妈，"萨姆说，"面包升糖很快，这你很清楚。"

"我不在乎。"洛特说。

"如果她让你早餐、午餐和晚餐都吃面包,她会被解雇的。"

"这很好。"洛特说。

"萨拉,"萨姆对看护说,"我要带我妈妈去参加'淑女午餐会'了,你能在三点半来接她吗?"

"这个时间你可以吗?"萨拉问洛特。

"不可以。"洛特说。

露丝说:"还记得我们说过,在这个世界上,我们要是有什么事儿想对谁说,那就是我们彼此了。所以不管发生了什么事儿,我都会想,我要在下次'淑女午餐会'上告诉你们。"

"是的!就是这样!"伊卡说,"我突然在家门口的人行道上摔了个屁墩儿时,也想着要跟你们说来着。"

结果,伊卡需要做髋关节置换手术。给她做手术的巴森医生浑身上下毛茸茸的,就像埃德·科伦画的漫画人物,只是看起来更开心一点。"从现在开始,一切都没问题了。"他向伊卡保证说。

"我已经八十五岁了。"伊卡说。

巴森医生说:"我马上要去参加一个病人的九十二岁生日,十一年前我给她做过手术。"

"我告诉你,"贝茜说,"根据我那可怜的科林的经验,身体恢复可不像巴森预测的这么乐观。"这些日子,贝茜能否从老罗金厄姆乘火车赶来,全取决于科林日益恶化的健康和情绪状况。

今天的午餐会在布里奇特家举行,她说:"我的题目是'如何预防不可避免之事'。我指的是我们宁死也不愿活在其中的任何一种情况。"

退休医生法拉说:"摆脱这具腐朽的皮囊,老生常谈了。"

"摆脱。"洛特说。

"但就是你,"法拉提醒着洛特,"就是你说想要看看一切,看看到最后会发生什么。"

洛特说:"可是那不包括24小时看护,以及有益于心脏健康的饮食。你们这些医生,应该研究一下无盐食品和抑郁症之间的关系了。"

"但你的萨拉看起来还是很可爱的,"露丝说,"她到底怎么了?"

洛特说:"她在我的起居室里看电视,她还站在我的厨房里吃午饭,睡在我的空房间里,每次我想进卫生间,她都在里头。"

"现在这时候,你需要她为你做什么?帮你穿衣服?"

"不需要。"洛特说。

"帮你洗澡?"

"不需要。"洛特说。

"吃饭?"

"上帝啊,不需要!"洛特说。

"那你需要什么帮助?"

"赶走看护。"洛特说。

"走开。"她对来接她回家的萨拉说。看着自己的朋友举起手臂在空中挥舞,四个女人下巴都惊掉了。

到了这个年纪,只要有人不接电话,其他人就会很担心。

贝茜是洛特的老朋友,在萨姆还是个婴儿时就认识他了。她从康涅狄格州给他打电话问:"为什么看护不帮洛特接电话?"

"看护走了,折磨得不行。"

"你开玩笑吧?你说什么?那个善良的萨拉?你说她虐待老人?"

"是老人虐待看护。"萨姆说。

"比如?"

"比如萨拉正看着电视,妈妈就给她换了频道;比如她会走进厨房,把萨拉正给她准备的午餐藏起来。还有，萨拉还睡着，她就去开灯。她做的事越来越奇怪。不管怎么说，我现在正和她一起等着新看护来。"

布里奇特每天早晨仍然在电脑前写作，这一天，她去看望洛特。

布里奇特、洛特和新来的看护谢琳一起坐着，望着窗外的河滨大道。

洛特说："谢琳是开车从新泽西过来的，还有个五岁大的孩子，会自己刷牙。谢琳告诉过他，如果不刷牙，蟑螂会从嘴里长出来。"

贝茜从康涅狄格给洛特打了电话："新来的看护怎么样？"

"碍手碍脚。"洛特回答。

法拉给洛特打电话时，是萨姆接的电话："谢琳走了，妈妈把她锁了起来，我不知道是锁在浴室里还是浴室外，但不是因为这个。谢琳只是不想粗暴地阻止妈妈一勺一勺地吃糖。已经不可收拾了。"

"你妈妈生气了，"法拉说，"想象一下吧，你一辈子都自己说了算，现在忽然跑来一个人告诉你该吃什么，该穿什么，什么时候该洗澡。"

"因为她的决定已经靠不住了，"萨姆说，"格雷格从芝加哥过来了。"格雷格是洛特的小儿子。"我们要去看一家不错的养老院，听起来很不错，很高档。"

"萨姆！你要把洛特从她的公寓里搬出来！"

"搬到乡下的一所漂亮房子。"

"乡下的房子，你和洛特讨论过吗？"

"是的。"

"她同意了？"

"这个嘛，是的，她同意了，某种程度上吧。她说也许明年。你听我说，"萨姆说，"妈妈无法应付24小时居家的看护。而且相信我，她绝对不想搬来跟我和黛安娜一起住。"

布里奇特给萨姆打电话："你想让洛特去的地方怎么样？"

"在哈得孙河谷，叫作'绿树'，我弟弟会帮我一起搬，还会带上妈妈最喜欢的东西，著名的天鹅绒沙发。"

"她会有自己的公寓吗？"

"就一个单间，整洁，方便，有自己的浴室和早餐角。"

"一个早餐角，"布里奇特说，"窗外有什么？"

"不巧的是，哈得孙河景在大楼另一侧。她的窗外是树，有一个小停车场和很多绿地。你听我说，我知道妈妈更喜欢曼哈顿，而且黛安娜和我去看她也方便得多，但谁负担得起城里的好东西呢？"

布里奇特说："只是这年头我们都没人开车了，我们要怎么去看洛特呢？"

"那里有个好处，就是身边永远都围着人。"

"洛特能跟谁说话？"

萨姆说："我还从来没遇到过没人可交谈的情况。"

"从没遇到过？"布里奇特说。

"不管她愿不愿意，每天都能吃上三顿像样的饭。"

上帝啊，可怜的洛特，布里奇特想。可怜的萨姆。

"我知道你不是个乐天派。"她说，自己也不知道这句话是从哪儿来的。

老激进分子露丝说："我有个主意，我要跟萨姆说说。"

"哈得孙河谷那处房产的交易合同签了吗？"她问萨姆。

"格雷格和我打算周四去签。"

露丝说："你能给我们几天时间想想办法吗？"

"相信我，没什么需要……行吧，可以。但我得在格雷格回芝加哥之前把妈妈和她的东西搬走。"

露丝说："洛特能自己生活吗，如果……？"

"绝对不行。"

"萨姆，等等。听我说。如果我们四个，如果贝茜来不了的话，就我们三个，轮流照看洛特，看看她需要什么，是否出了什么事，这样，洛特能自己生活吗……"

"妈妈会在面包和黄油上加糖。"

"听起来很好吃啊。"露丝说。

"她永远都不换衣服。"

"大概不会换吧。"

"她应该每周洗一次澡。但她不会去洗澡。"

"萨姆！这有什么！"

"只要是我管着，就不行！"萨姆说，"事情需要做对。"

"不，不需要。为什么必须做对？"

"如果妈妈吃错了药，格雷格和我就得立刻把她送到急诊室去，她可能会死。"

"是的，她可能会。你母亲可能会死在自己床上，面对着帝国大厦和乔治·华盛顿大桥的景色。可是萨姆，还是先别这么做，我们会上去，会留意她。让我们试试吧，就几天。"

"如果她再摔跤怎么办？"

"如果她摔跤！萨姆，我今晚就睡在那儿。"

露丝当晚就在洛特家过夜，结果洛特从床上走到浴室时摔倒了。露丝给萨姆打了电话，萨姆和格雷格赶过来把洛特送到了急诊室。

萨姆与格雷格把他们的母亲、沙发和其他东西，从洛特宽敞的公寓搬到了哈得孙河谷的单间，然后格雷格飞回了芝加哥。

接下来的"淑女午餐会"在法拉家桌边举行，主题是法拉的拯救洛特计划。

她们互相介绍了最新情况。

洛特从"绿树"给法拉打来了电话。"我没听出她的声音，我的意思是，我知道那是洛特，但她的声音听起来很不一样，就像被掐着脖子，是一种新的、奇怪的声音。"

"她是气极了。"贝茜说。

"我知道你说的那个声音，"布里奇特说，"她也给我打电话了，洛特还记得我和她还有谢琳在一起坐过，她想让我拿到谢琳的电话号码。因为谢琳开车，洛特想让谢琳去"绿树"接她，送她回自己的公寓。但这是不可能的。"

露丝说："洛特想让我们，就她和我，一起租一辆车。我告诉她我的驾照没有续期，因为我担心自己是否能通过视力检查。洛特表示，这不是问题。她会开车。"

"洛特有驾照吗？"

"洛特已经十年没开车了。"

贝茜告诉大家萨姆给她打了电话，气得要命。"他想知道我是否和洛特买车有关！买车！我？我这辈子从来就没买过车。看起来洛特一直在打电话让商家把钥匙寄给她。我也给洛特打过电话了，问她：'买车是什么情况？'洛特说：'就在下面的停车场。'我问她：'这是哪门子的车啊！'她说：'就等虚拟钥匙了。'"

法拉的计划是，她18岁的孙子哈密一通过考试就能拿到驾照，"然后让他开车送我们去'绿树'，我们把洛特带回家"。

"最好快点，"贝茜说，"萨姆已经把洛特的公寓拿去出售了。"

"考试就在下周一。"

但是哈密没有考过。到现在为止，洛特一直待在哈得孙河谷的"绿树"养老院。

布里奇特打电话给洛特："最近怎么样？"

"不好。"

"吃得怎么样？"

"没盐味。"

"从你的声音判断，你开始有点习惯住在那儿了，洛特,对不对?"

"你能来接我回家吗?"

"洛特,我们真的不知道怎么才能做到。眼下,你先将就一下,好不好?"

"可以,"洛特说,"但我想回自己家。"

"有人可以聊天吗?"

"有的,阿兰娜,在餐厅吃饭时她就坐我旁边,她有五个孙子。最大的十九岁,一对十三岁的双胞胎,还有一个九岁,一个五岁。你想知道他们的名字吗?"

"不怎么想。"

"你想知道他们都在哪里上学吗?"

"洛特……"

"明妮的孙子叫乔尔,他最好的朋友叫萨姆,和我儿子萨姆一个名字。你想知道萨姆和乔尔正考虑上哪所大学吗?"

"洛特……"

"明妮姐姐的孙女叫露西,"洛特说,"去威廉姆斯学院之前正考虑休学一年去旅行……"

"洛特……!"

洛特说:"我没有跟阿兰娜和明妮说我觉得自己已经死了,我想了一会儿,跟萨姆说了,但他对此毫无意见。他真棒啊。"

"你是说你觉得好像……"布里奇特在"……好像你已经死了"和"……行尸走肉"之间踌躇了一会儿。

"是的,"洛特说,"我是行尸走肉。如果我去见巴森医生,或其他任何医生,他们给我检查喉咙,就能看到死人身上的四个黄点。你写这个故事的时候,会有这么个问题,既然我已经死了,我能否再死一次,两次,或从现在开始就一直是这个样子?"

"洛特,你是想让我写你的故事吗?"

"你已经写过我是如何摆脱萨拉和谢琳的,"洛特说,"还有谢琳那五岁的孩子嘴里爬出的蟑螂,还有萨姆和格雷格把我扔到乡下的事儿。"

"洛特,"布里奇特说,"我们正在努力,正在想办法去看你。"

"好啊!哦,哦,好,非常好!"洛特说,"给我留点时间,让我在'绿树'的餐厅安排好'淑女午餐会',我会告诉你们我是如何躺在沙发上,就是上周五的事儿,只是打了个盹,醒过来就知道自己要死了,然后我就死了的事儿。"

上个月,萨姆抽时间去看望了母亲两次,他觉得她开始适应了。"她说她已经死了的时候,意思是她告别了纽约的旧生活,好开始在'绿树'的新生活。"

"萨姆,你觉得她是这个意思吗?"露丝问他。

"还能是什么意思?"

露丝说:"洛特不给我们打电话。"

"我知道,"萨姆说,"她也不给我打电话,还不回黛安娜的电话。"

"她也不接电话。"

"我知道。"萨姆说。

贝茜几乎被困在老罗金厄姆了,科林的情况似乎越来越糟。可怜的布里奇特也没能参加上一次"淑女午餐会",因为导致她虚弱的头痛症又犯了,但如果露丝和法拉想好怎么去看洛特,她也想一起去。

就在上次萨姆开车去"绿树"时,本来她们能搭上他的顺风车,但因为洛特没有回法拉的电话,所以计划泡汤了。"然后我想,我忘了给她打电话,"露丝说,"无论如何,我也来不及更改跟医生的预约了。"

哈密拿到了驾照,开着他的新二手车去帕切斯学院上了第一学期的课。

法拉、露丝和布里奇特,如果能想出办法,仍然打算去看看洛特,也许等到春天,天气更好一些的时候。

没有牙齿,没有滋味

贝茜打电话来说她这次可能没法参加"淑女午餐会"了。

"科林的情况不好?"法拉问,贝茜的朋友们都不怎么喜欢这个她们当中唯一还活着的丈夫,这个男人很有钱,奉行错误的政治主张。但这天早上,法拉和贝茜在电话里一起为他难以忍受的痛苦而悲泣。

但后来贝茜还是来了,而且来得很早。"可怜的老法拉!"她说,"你不干医生已经很久了,可我们还追着你不放!还有谁可以帮忙?法拉!有出路吗?"

"啊,"法拉说,"来时已艰辛,去路更困难。"

"到底有办法吗?"

"是科林说……?"

"他从没立过生前预嘱,但他不想忍受这无法忍受的一切。"

法拉把手伸进身旁的抽屉,拿出了标记着"生命终结"的文件夹。"我碰巧正在看这个,如果你问我,我可以告诉你需要了解的所有细节。可是,贝茜,这事儿吧,故意被搞得很复杂……可以去瑞士旅行一趟,在那里这么做是合法的,但很贵;也可以搬去新泽西,但必须证明只剩下六个月的生命;还有个办法,可以停止吃喝……"

这时门铃响了。贝茜说:"法拉,我不想对着每个人都'倒垃圾',除非实在没办法。"

"我知道,我知道,"法拉说,"是的,我知道。"这时露丝走了进来,还有伊卡和布里奇特。布里奇特说:"伙计们,现在距离洛特即将进入九字头生日还有五个年头,她之前答应过的,那之后要定期向我们报告情况。"

"还有你,贝茜,竟然用一只手捂着自己的眼睛说:'我还真不知道你竟然能在大庭广众之下这么说话。'"

他们全都笑了,然后又全都陷入了长时间的沉默。她们都亲眼看着自己那诙谐风趣的朋友变成了一个愤怒的老人,毫无理由地折磨自己的看护。又或者,和两个把自己送到经营良好的乡下养老院的儿子打架其实很合理?洛特从一开始就没有停止过盘算要自己开车回家,现在都有点走火入魔了。然后她就死了。

等大家都坐下来,菜也上齐了,法拉说:"我先要提醒大家一下我们的二十分钟规则,也就是讨论痛苦、疼痛、药物等问题的时间不能超过这个时间。然后我们正式进入主题,我们总得按主题来吧。"

露西说:"看!我掉了颗门牙,下牙也不稳当了。"

伊卡说:"我做完左髋关节置换手术回家时,以为一切都没问题了,可我没想到右膝盖又需要做手术。"

布里奇特说:"我需要换个脑袋,有时我读着读着书,却突然不知道自己正在读什么了。"

露丝说:"也可能是牙齿的问题,但我已经没法吃东西了,因为想象中放进嘴里能嚼得动的食物根本就买不到。"

法拉说:"我曾给病人介绍过一位挺好的营养师。露丝,走之前提醒我一下,我把乔安娜的电话号码给你。"然后她说:"我的眼科医生告诉我,我的视力正在丧失。"

"丧失?"贝茜说,"你说'丧失'是什么意思?你还能读东西啊。"

"你也能写。"布里奇特说。

伊卡说:"你能看见我们,法拉。当你看着我们时,你看到了什么?"

"我能读,能写,但我看着你们,看见的一天比一天少。"法拉说。伊卡接着问:"你的意思是,你今天看见的我们比昨天要少一些?"

法拉就是这个意思。她看得出朋友们的焦虑,所以反而不能说出她们不想知道的事实,也就是法拉学过的概率论的结论,即她可能失明,而这件事完全可以把她送进她的"生命终结"文件夹。趁现在还看得见,还能安排,她想提前让女儿们做好准备,因为到时候她需要孩子们的同意和帮助才能停止进食。她对她们感到抱歉,用贝茜的话说,因为把这些"垃圾"倒给了朋友们而感到抱歉。

她把文件夹塞进抽屉:"二十分钟到了,我们这次的主题是什么?"

法拉没忘记给露丝营养师的电话:"给她打电话,她人很好的,下次的午餐会是在你家吧?"

她关上身后的门,惊讶地发现自己正在拨打乔安娜的电话:"我是法拉。是的!很久没联系了。我怎么样?'还行'是我的万能答案,只是我一点胃口也没有。你有什么办法吗?"

其他故事

蒲公英

亨利·詹姆斯老年时重写了自己早期的作品，这让我有了个借口在九十岁之际重温二十多岁时写的故事。我在十岁时被迫离开奥地利，所以和父亲一起爬阿尔卑斯山那天，应该是我们最后一次全家度假，也就是头一年八月的事情。

我真希望妈妈能来，但她早晨醒来时偏头痛发作了。我就站在旅馆外的草地上，鞋子被露水打湿了，没等待什么，也没什么想做的。我在故事里是这么写的，"树林里闪耀着光线"，"小草就像刀剑般发着微光"。看到我们的语言这么喜欢使用明喻，还真有意思。

什么东西像什么？天空"就像液体的光"，我这么写道。"液体"这个词很接近，却不太准确。"山的背面看起来像被雕刻过，一个人以足尖就能感觉到远处的小径。就在山和我之间，大地像杯子般弯曲凹陷，装满了雾一般的光线。"但如果一个东西的本质是模糊的，又怎么能如"雾一般"呢？在我的记忆里，那是一种苍白、寒冷的存在。一条狗叫了又叫，叫了又叫，纯净的空气把狗吠声传到了我站着等待的地方。

在旅馆花园尽头的路上，一群年轻人安静地踏着稳健的步伐经过，还有一天的行程在前头呢，我的眼睛跟随着他们的方向。此刻，太阳刚升到山顶，像一团突然冒出来、无法阻挡的火焰，以一圈淡淡的、模糊的光晕勾勒出年轻人的剪影。在花园里，这初升的太阳抓住了一株银色的蒲公英，迅猛而温柔地将它变成了一团光亮。顿时，一阵新奇的、不可避免的快乐一闪而过。我说："亲爱的上帝，不管我曾经向你祈求过什么东西，你都不必理会，因为除了此刻，我什么都不需要。"因为此刻的我无比幸福，我知道这么想是对的。这时父亲叫我，于是我们走出花园，上了路。

我爸爸个子很高，精神极好，维也纳的银行在八月几乎都关门了。在山里，父亲穿着灯笼裤，戴着一顶插着羽毛的登山帽。他口袋里还带着本书，可以随时查找路边遇到的花儿、鸟儿以及树的名字。我们往上爬时，他还透过松树向我指着山下越来越远的村庄。爸爸的计划是在中午之前到达 Alm，然后在那里的小屋吃午饭。他问我：知道 Alm 是什么吗？那是一块高山草甸，牧牛人会把牛群从山谷里赶出来，让它们在草甸度过夏天，啃食健康的草皮，但我当时正忙着模仿那著名的单脚尖旋转，脑子里全是世界著名滑冰明星露辛达穿着天鹅绒裙子旋转的样子，根本就没听进去父亲的解释。

哦，可是天空多蓝啊！尤其是侧身躺下，透过脸颊边的草丛看出去，那时的天空最为湛蓝，我还看到过一只蜘蛛爬上一棵小草，将它压弯。

我坐了起来。看到有些人沿着小路走来，两个年轻人肩并肩走着：一个正说着什么，用手比画着，另一个则一面走一面盯着地面，他抬起头来说了点什么，把第一个人逗得哈哈大笑。我看着他们放慢了脚步，回头看看身后的几个人，其中一个女孩高兴地叫了一声，于是两组人就融合在了一起。长大以后我也想这样：和朋友们一起散步，一起谈笑风生。

我的目光追随着他们，忽然涌起了浓厚的兴趣："你知道吗？爸爸，我觉得他们就是今天早上我在路上等你时看到的人。爸爸，你觉得呢？"

爸爸睡着了。我极少看到熟睡的成年人，那感觉真令人惊叹。他的两只鞋指向天空，裤腿向后折，露出了袜子上面的一截腿。我移开了视线。

我们继续往上爬。天气很热，越来越热。山路越来越陡峭，攀登越来越艰难，直到我觉得再也抬不起腿。我们花了几个小时才到达山顶，其间我一直觉得自己无法再迈出下一步,再一步,再一步。

许多年之后,当我生完第一个孩子,躺在昏暗安静的地方,洗净擦干,看见孩子裹着被子躺着,不哭不闹,一切顺遂,忽然就想到自己竭尽全力攀爬到山顶的树荫下,终于坐下来呼吸的感觉。

当你知道自己已经爬到山顶,就会看到一个全新的世界,而就在片刻之前,似乎还完全无法想象其存在。极目远眺,只见群山层层叠叠融入远方的蓝色中,而俯身近看,一座山峰拔地而起,接着是第二座、第三座,它们在蓝天下彼此熟识。牛群在广阔的绿色草地上吃着草,在这里那里挪动一两步,每次缓缓低下头咀嚼青草时,脖子上的铃铛就会轻轻地叮当作响。

我看到的那群年轻人就坐在草甸小屋的一张长条桌旁,和他们坐在一起的牧牛人叼着烟斗,他低沉的声音被年轻人的闲聊和笑声打断,传到我和爸爸这边,我们正吃着午饭。那顿饭令我至今回味,却永远无法再现,是皇帝煎饼配蓝莓,再配上一杯鲜牛奶。阿尔卑斯山的蓝莓长得很低,几乎低到地面,比所有水果都甜,味道都浓烈。

我一边吃一边四处看。姑娘们都很漂亮,爱说话;男孩们都高高瘦瘦,我能看到他们的膝盖。我喜欢他们互相拍打着对方的背,在彼此的汤里放胡椒,其乐融融的样子。我很想聊聊他们,于是问爸爸他们是谁,要去哪里,但他做了个手势让我安静下来。爸爸是城里人,对阿尔卑斯山里的人更感兴趣,他想听听牧牛人在说些什么。

忽然一阵响动,午饭吃完了,年轻人聚在了一起。我和爸爸跟着他们走出阴凉昏暗的小屋,走进了正午的炙热之中。只见一个金黄头发散在前额的男孩正站在门边,整理着背包的背带。爸爸也对这群年轻人产生了兴趣,于是上前询问这个男孩他们是谁,下一步怎么打算。我靠在父亲的腿上,听着男孩友善的回答,觉得生活里再没有比这更幸福的事儿了。爸爸想起了自己年轻时出游的经历,于是说起了自己的逸事。天气很热,我眯缝着眼睛,努力挡住那让金发男孩的脑袋在阵阵热浪中显得忽大忽小的强烈光线。爸爸的声音在空气中回响,他试图跟那个男孩讲清关于锥形岩形成的一个想法,说自己之前就试图搞清楚,也曾预计到这已经超越了自己的能力。我看着那个男孩的手紧张地玩着背带,看到男孩的眼睛偷偷望向自己同伴们在小路上等待的身影,于是叫道:"爸爸!我们走吧!"但爸爸还沉浸在自己的回忆中,滔滔不绝又俏皮地评论着自己的努力和失败,大声笑着。金发男孩傻乎乎地咯咯笑着回应,我看着他的一脸傻气,拉了拉爸爸的袖子说:"我们走吧！"男孩说了声抱歉，于是爸爸用力地握了他的手很久，他拼命挣脱出来，结果他的朋友们以热烈的掌声和笑声欢迎他回归。

我的脸烧得通红，没有转身去看那群年轻人。他们继续往前走，我和爸爸则开始了回家的旅程。

正午强烈的阳光让所有东西都褪了色，一切都显得很迟钝。我很生这个男孩的气，因为他不想听爸爸的故事，想要逃走。我还讨厌那些拍手大笑的年轻人。父亲在我身边兴致高昂地走着，我却为他感到难过，因为我也没有认真地听他想告诉我的事。我讨厌这种不好的感觉，它让我不舒服，我也不会成为世界著名的滑冰明星露辛达。

我觉得累了，开始哭哭啼啼，说我的鞋里有块小石头，我还不想自己拿羊毛衫。爸爸停下了他正在哼唱的约德尔小调，看着我。鞋里并没有石头，爸爸把我的羊毛衫放进他的背包里，但我还是用右手背揉着太阳穴说我想回家。爸爸告诉我马上就要到家了，我们就在回家的路上呢，但我说我要现在就在家里。爸爸说："我们很快就到家了，再过几个小时就到家。"他说要给我讲关于狐獴和蛇大战的《勇敢的狐獴》的故事，但这个故事他以前已经讲过了。"回家后吃个冰激凌怎么样？"我知道，在这种时候爸爸一向不知道该拿我怎么办，我只是觉得很害怕。似乎我知道这是上帝那令人敬畏的回答，因为早晨我对他说过："不管我曾经向你祈求过什么东西，你都不必理会，因为除了此刻，我什么都不需要。"

太阳下山了，所有的光线都被环绕在我们四周的群山吸收，暮色柔和，带着天鹅绒般的紫色，除了我们在惊慌失措地下山，没有任何别的色彩或移动的游戏。父亲抓住我的手腕，催我往前走，以至于石头都在我脚边滚动起来。

修复

罗森拉比喜欢圆圈。他们重新摆好椅子,格蕾泰尔主动说:"我是格蕾泰尔·明德尔,你是玛戈·格罗斯巴特,你是罗森拉比……"

拉比说:"直接简称为格蕾泰尔、玛戈和萨姆,你们觉得怎么样?还要记住二十个新姓氏,太难了,不是吗?"

格蕾泰尔重新开始:"我是格蕾泰尔,你们是玛戈,萨姆拉比,鲍勃夏皮罗和妻子露丝,埃里克,施特菲,你是……?"

"康拉德·霍恩施陶夫。"十名维也纳访客中年纪最大的一位喃喃地说,他优雅、脆弱,微微有点颤抖,像个大病初愈之人。他的鼻子又高又窄,真是鼻子里的阿尔卑斯山,玛戈这么想着。作为十个维也纳出生的纽约人之一,玛戈喜欢说她唯一错过的就是山。

康拉德·霍恩施陶夫那薄薄的棕色嘴唇张开,似乎很不情愿："格蕾泰尔，玛戈，萨姆拉比，鲍勃和露丝，埃里克，施特菲，塞巴斯蒂安神父，你呢？"他往绍莎娜·戈德堡的方向看去，但并没有直接看向她，因为要直视她非常困难。但既然如此，也就不可能不去看，不去想她除了内翻的左眼，比一般人短一截的左腿，以及僵硬的肩膀外，还有什么不对头的地方。

绍莎娜已经忘了不太容易被记住的埃里克·拉德兹基的名字，埃里克则最多能记住留着弗朗茨·约瑟夫皇帝式络腮胡的弗里茨·科恩之前的人们。格蕾泰尔是第一个记住所有名字、把整个圆圈接上的人。

萨姆拉比邀请大家说说自己的想法："有什么问题吗？有人想分享什么建议吗？"

"是的，我，"格蕾泰尔回应道，"今天早上我走进这个房间，感到很惊讶，想到你们……"格蕾泰尔当然没有说"你们这些犹太人"。她说："想到你们都住在纽约，一定彼此认识，想到这一点，我感到很惊讶。"看起来，格蕾泰尔似乎在对着玛戈说话。她们在美国的第一顿早餐是加糖的甜甜圈和劣质咖啡，当时格蕾泰尔没能接近这位年迈的钢琴家，没说上话，她曾经在维也纳音乐厅后面见过这位音乐家。此刻在纽约，从房间的另一头看，玛戈·格罗斯巴特的头发似乎依然浓黑。这时，她的眼睛突然眨了一下，亮了起来，然后继续打量着房间，并没有特别定格在格蕾泰尔身上。格蕾泰尔知道，自己并没有给这位年长的犹太音乐家留下任何印象。

玛戈也觉得很惊讶。在罗森拉比多次特别邀请她，她都没有回应要参加这个"桥梁工作坊"之后，她却在电话里推迟了去洛杉矶看望女儿的时间。蕾切尔说："我记得你说过罗森拉比不是你的菜。""我知道，但这件事本身很有意思。我们十个人与他们十个人共处一室。我不像你在布鲁克林的婆婆，不会随时随地总带着大屠杀的愤怒情绪。""为什么不行？"蕾切尔问。"不知道，"妈妈回答，"大概是不像你亲爱的婆婆那样有长期愤怒基因吧。"蕾切尔是个温柔的人，并没有质疑母亲为何一直以来对婆婆怀有愤怒，只是说："这样的话，下个星期再来吧，然后告诉我们这个工作坊怎么样。"

于是，在这个特殊的星期一早上八点，玛戈坐在了罗森拉比的改革犹太会堂下面，一间没有窗户的地下会议室里一把冰冷的金属折叠椅上。角落里立着一架立式酒吧钢琴，看起来既快活又放荡。在接下来的五天里，她将坐在这里，与希特勒那代人的孩子以及他们的孩子建立桥梁。

萨姆拉比很喜欢格蕾泰尔的发言："这不就是我们聚在一起的目的吗？告诉对方，也告诉自己，我们甚至不知道自己想到过的有关对方的事？"

"我们不知道自己在想什么？"露丝·夏皮罗说。隔着早餐咖啡，玛戈开始觉得自己好像一直都认识这个矮小的老妇人，光洁的脚踝，漂亮的蓝西装，一年比一年更红的头发打理得很好。鲍勃·夏皮罗看着妻子，她说："我们知道自己在想什么。"

"愿意和我们分享吗？"萨姆拉比问道。鲍勃·夏皮罗看着萨姆拉比，他的妻子回答："那六百万。"

康拉德·霍恩施陶夫看着自己的鞋子。他举起自己伸开的颤抖的手指捂住嘴，他的嘴肯定又张开了，因为坐在他右边的塞巴斯蒂安神父和坐在他左边的绍莎娜都听到了他的喃喃自语："我所做的一切。啊，我都做了些什么啊……"

为了填补由此产生的停顿，玛戈说："我有个问题想问，你们为什么都能说这么流利的英语？"奥地利人纷纷表示并非如此。"好吧，但你们似乎可以用英语表达自己想说的意思。"在与下巴圆圆的娃娃脸的埃里克，以及站在自己面前弯腰好像在鞠躬的牧师说话时，玛戈已经放弃使用业已生疏的、童年时曾会说的德语。但这两个年轻人都不想放弃这练习英语的机会。玛戈说："为什么我就没法让我在美国出生的女儿学一点德语？"

"你为什么想要她学德语？"露丝·夏皮罗问。

萨姆拉比精通苏格拉底之道，当期望的谈话偏离轨道时，他知道如何将它引回正轨。他让大家绕着圈子走着，自由地联想大家的名字，他们照做了，然后一个男孩带着一大盒可乐和棕色纸袋装的犹太午餐出现了。

对这一屋子陌生人来说，这个圆圈并非自然形成的。三个年轻的奥地利人，埃里克、施特菲和格雷泰尔，这时候出去探索纽约的社区了。萨姆拉比还有犹太教堂的事务要处理，于是邀请塞巴斯蒂安神父陪他一起去。

其他人就在这个简陋的房间里四处走动，躲避着彼此的眼神。年长一些的奥地利人和犹太人，走到几张小桌边的椅子旁，拉比打算让人们在这里分成小组。其中一张桌子边，鲍勃·夏皮罗和妻子默默地、友好地分享着午餐袋，玛戈可以想象，他们似乎已经这样分享了一生的早餐、午餐和晚餐。玛戈已经守寡几十年。另一张桌子上，康拉德用拐杖柄托着下巴，似乎已经睡着了。胖胖的、漂亮的珍妮·伯恩鲍姆是这个工作坊参与者里唯一一个在新大陆出生的，她把外套铺在地板上，蜷成一团，真的睡着了。自诩维也纳人的犹太人弗里茨·科恩，仅穿着衬衫，挺着啤酒肚，蓄着连鬓八字胡，点着一根烟斗来回走动。

作为一名终生对自己有纪律要求的表演者，无所事事让玛戈有罪恶感，她已经牺牲了一周的练习时间，所以应该利用这段时间与人交谈。她看到那个戴着紫色头巾、身材异常高大的奥地利女人坐得很近，正好可以谈谈，但她却弓着腰向房间另一边走去。天气热得令人难受，午后的倦怠让玛戈坐在椅子上不想动弹。

下午时段，萨姆拉比让他们绕着圈子走，揣度如果他们是自己的父母，会给自己取什么样的名字。康拉德要求允许他跳过这个流程。晚饭后，他们需要按逆时针的顺序分别完成下面这句话："我走进房间时，我的想法是……"

星期二早上，拉比给大家分发白纸和蜡笔，说："不要思考，画吧。"

格蕾泰尔跟着玛戈来到一张小桌前，格蕾泰尔说："我曾经听过你在阿卡德米剧院的演奏，真不可思议。"

人们常会错误地认为这种开头能为谈话创造一个良好的契机，一个得体的"嗯，谢谢你"，就能把球踢回给马屁精，马屁精没别的办法，于是可以继续说个不停。但玛戈给了格蕾泰尔一个职业的微笑，她看到了女孩的急切，却并没有把球踢回去。

这些年轻的维也纳人真懂得如何穿衣打扮。格蕾泰尔一身黑，头发看起来就像睡过头了一般蓬松凌乱，略带病态的皮肤上也没化妆，是个非常有自己风格的美人。在与毫不性感的埃里克和过分正确的塞巴斯蒂安神父谈话时，玛戈都能感受到一种熟悉的寒意，而现在坐在格蕾泰尔对面，玛戈理所当然地认为，她一定是向奥地利人散发了一种相互抵触的能量。她笑了，女孩抬起了满是希望的脸。

玛戈说："我很期待得到萨姆拉比的山羊。"

"他的山羊，什么意思？"

"我打算惹怒萨姆拉比，告诉他我的种族理论基于体温不相容。"

"这是个笑话吗？"格蕾泰尔问。

"是的，是的。"玛戈回答，再次对自己感到惊讶：为什么自己会对一个奥地利姑娘感兴趣呢？玛戈接着说："要求我画画和要求我说话一样，我的脑子里一片空白。"

"我知道！我知道！"女孩叫了起来，"我完全明白你的意思！我也一样！"格蕾泰尔在自己脑子里拼命寻找和这位年长犹太钢琴家可能共有的其他一些人类怪癖。格蕾泰尔问玛戈，她昨天早上走进房间时，是否也把维也纳人看作同一伙人。"我们连彼此的名字都不知道，你不觉得诧异吗？"

玛戈想了想，回答说，她正好没想过这个问题："我想的是，我从没像现在这样，走进一个满是不认识之人的房间时心就向下一沉。我环顾四周，心想'都来了哪些人呢'，包括我们这边的以及你们那边的。"

格蕾泰尔亲切地笑了起来："而我总是在来人中寻找是否有合适的男人。"

这两个女人瞥了一眼房间四处，满脸红光的埃里克和时髦的施特菲正并排坐在地板上埋头画画。这倒是提醒玛戈和格蕾泰尔也拿起了自己的蜡笔。

"在我这个年龄段，"玛戈说，"有鲍勃。"鲍勃·夏皮罗身材魁梧，穿着棕色西装，戴着圆顶小帽。

格蕾泰尔说："但他有老婆。"

"对，"玛戈说，"总是这样……那个做了什么事却不肯说的人叫什么名字来着？"

"康拉德·霍恩施陶夫。"格蕾泰尔回答。她默默画了一会儿，然后问："可以开玩笑吗？"

玛戈说："鲍勃和露丝可能会认为是亵渎，但我不认为大屠杀是件神圣的事。"

格蕾泰尔继续画着画。

玛戈自己也不确定是否同意自己的逻辑，因此在奥地利人面前争辩时觉得有点不自在。她正在画一列火车，从纸的左边开出来，向着右边行驶。她画了一排窗户，每扇窗户上都画了一张脸。

格蕾泰尔说："我画了一幅蒙克。"她画了个棒棒糖状的人形背影在前景里，正对着景深深处另一个棒棒糖状的背影。她说："但你的心并不会因为萨姆拉比而沉下去。"

"不会吗？"玛戈说。

两人都朝一个看起来很令人愉快，但总有点不协调的方向看了看，那个长着灰白大胡子、身材粗壮的拉比，正戏剧性地盘腿坐在地板上，一双悲伤而炽热的眼睛正从眼袋上方盯着面前的纸：萨姆拉比也正在画画。

格蕾泰尔说："Der schaut so lieb aus。我不知道这句话用英语怎么说。"

玛戈说："因为表达不了。英语没法表达一个人'看起来很亲爱'，我想，你大约可以说他看起来很有爱。"

"哦，我想他就是这样的！你也觉得他有这种特点，对吗？"格蕾泰尔催促着玛戈。

"我想你对20世纪60年代的拉比们不太熟悉吧？"

"我出生于1964年。"格蕾泰尔说，这也是玛戈的女儿出生那一年。

玛戈说："就在钢琴后面那堆大衣下面，一定有一把吉他。"

格蕾泰尔和玛戈带着午餐袋走到犹太会堂对面的绿色社区小花园。这是一个有风的晴朗天气，还不够暖和，几乎坐不下来。格蕾泰尔告诉玛戈自己的母亲曾带自己去阿卡德米剧院听过她的演奏。玛戈一边吃着三明治，一边揣度着格蕾泰尔母亲的年龄，想着她在1938年到1945年间都做过些什么，她没有问格蕾泰尔。在凶手一方和被谋杀者一方之间存在着一种羞涩，一种尴尬。

"你弹奏了《平均律钢琴曲集》。"格蕾泰尔说。

"我确实弹过。"其他一些参与者从人行道上走过。

"那个包头巾的女人是谁？"玛戈问，"我好像没有听到她的声音。"

"那是佩皮·胡贝尔，我们认为她不会说英语。"

玛戈问格蕾泰尔在哪里学的英语。

"我在得克萨斯大学待了六个月。"

他们向康拉德挥了挥手，康拉德正拄着拐杖走着，绍莎娜一瘸一拐地走在他身边。绍莎娜也朝她们挥了挥手。

玛戈问："1938年，康拉德有多大？"

从牙医办公室的牙齿美白广告上，玛戈了解到人类微笑需要牵动15块不同的面部肌肉。这些肌肉一定刻在了格蕾泰尔的下巴上，同时还延伸到了嘴巴周围的区域。

格蕾泰尔说:"我母亲喜欢说她是她所在地区最年轻的青年领袖。萨姆拉比来了,我们回去吧。"然后,她深深地皱起眉头,问玛戈为什么不喜欢拉比。

"哦,我没有不喜欢啊!谁会不喜欢萨姆拉比呢?我只是不太喜欢强迫的亲密感和压力疗法的做法。"

"总比不做强吧!"格蕾泰尔恳求道,"否则你和我也不会在这里说话。"

可怜的格蕾泰尔,玛戈觉得自己让她失望了。

在下午时段,他们围成一圈,互相说明自己画的画。无论在哪里,总是有一小部分人很有才华,大部分人则缺少才华。鲍勃·夏皮罗看着妻子说:"我不画画。"他只是在纸上写下了"1938年3月12日"这个日子,黑色大写,这是希特勒吞并奥地利的日期。

康拉德将黑色蜡笔的纸套取下,侧面滚动,从纸的上面到下面平涂下去,随着他的动作,一大片黑色覆盖了纸张。

弗里茨画了一条可爱的德国传统男式皮短裤,他说:"你可以把犹太人赶出维也纳,但不能把维也纳从犹太人心里赶出去。"

"可以的。"露丝回答,她在蓝白蓝的背景上画了一个大卫之星。

绍莎娜的画完全依赖于解释:"因为没有卡其色蜡笔,但我画的这个应该是个士兵。我不知道该怎么画一个人跪着,但他正跪着种东西。我想他可能跟同伴走丢了,或者擅离职守,在这个农场里找了一份工作。"

"从哪支军队擅离职守?"露丝问道。

绍莎娜说不知道:"也许有人偷了他的制服,或者他拿它换了东西。"

"他是盟友还是纳粹?"

"我们不知道。这里画的白里带红的东西是他头上带血的绷带,背景里这些,应该是被烧毁的农场。这些是从枪里喷出来的烟。我们不知道我们是在前线还是后方,还是战争已经结束了,他们没有告诉我们。也许他们自己也不知道。后来他们赶着我们往南走,我记得有个士兵跪在地上,在种什么东西。你看到那排绿色了吗?萨姆说,无论如何要画点什么。"

鲍勃看着绍莎娜,露丝说:"这和那六百万人被杀有什么关系?"

就在这时,玛戈环顾了一下房间,有些奥地利人正看着自己的鞋子,有些则直视前方。康拉德再次用手捂住了嘴。

绍莎娜的画注定会引发一场持续四天的讨论,因为她坚持说头部受伤就是头部受伤，而露丝则认为必须先知道那是杀害犹太人的士兵的头，还是解放犹太人的士兵的头。

埃里克说："我父亲在苏联就死于头部受伤。"但这句话是在他们走回酒店时，他用德语对施特菲说的。

珍妮·伯恩鲍姆画了三个骷髅，这是她的外公、外婆和小舅舅的骷髅。

奥地利人直视前方。

轮到玛戈了："火车窗户上的面孔是离开维也纳的孩子们，背景中这些人是挥手告别的父母们。"

格蕾泰尔看起来很震惊，玛戈看到了她的表情。

玛戈接着说："因为没从站台上拥挤的人群中认出母亲，直到今天还让我很困扰。我说不清到底是一年一次，还是一个月一次，我会再次想起当时的情形，试图捕捉妈妈挥手的画面，而站台越来越小，最后完全看不见了。"

露丝·夏皮罗问玛戈："你父母出来了吗？"

"没有。他们邀请我去阿卡德米剧院演出时，我去看了抵抗运动的档案。他们被送上了1942年6月14日从维也纳出发的一列火车，是1 030个人中的第987号和第988号，原目的地伊兹比察，后来绕道去了特拉夫尼基。"

"鲍勃和我是不会去维也纳的。"露丝说。

奥地利人直视前方。玛戈想："他们能看向哪里呢？我们想让他们看什么呢？"

萨姆拉比最后一个说："架起一座桥。"大家接着说："在如烟往事之上。"

晚上有人在弹吉他，萨姆拉比教奥地利人唱《希望之歌》[1]，他们还唱《哦，亲爱的奥古斯丁》[2]。

格蕾泰尔问："你不唱歌？"

"我愿意唱，但我的嘴不愿意。"玛戈无法开口唱《希望之歌》，她无法唱："哦，你可曾看见？"[3]她的嘴拒绝在任何人的命令下和集体一起唱任何歌曲，即便是在无限善意的罗森拉比的要求下也一样。据此，玛戈推断，如果她于1938年在维也纳出生为雅利安人，她也不会唱《霍斯特·威塞尔之歌》[4]，不会被诱惑着张嘴，和大家一起高喊"希特勒万岁"。

星期三，玛戈告诉格蕾泰尔，她要在房间里吃饭，和人们说说话，结果发现自己被紫色头巾挡住了："Ich

---

1 以色列国歌。
2 奥地利传统民歌。
3 美国国歌开头。
4 纳粹德国的第二国歌。

will dir etwas sagen[1],我有话对你说。"

与一个不认识的人坐下来通常是错误的,因为之后很难想出一个礼貌的理由起身离开。但玛戈想不出任何不坐下的礼貌理由,于是只能跟着这个高个子的决然背影走到一张小桌前。她们坐了下来,头巾近在眼前,玛戈的视线有点模糊。这个女人说着玛戈熟悉的维也纳德语:"在瓦尔德海姆事件之前,维也纳没有反犹主义,"她说,"这次是犹太人的错。"她紧盯着玛戈的眼睛,等待着。

玛戈说:"难道你不知道这句话已经被说烂了吗?"

"我知道,确实。但这次这句话不错。"紫色头巾焦急地等待着。

玛戈说:"我没法和你争辩这个问题。"这次她不需要任何借口就站了起来,让那个女人独自坐着。她看到咖啡壶旁的夏皮罗一家,走了过去。

露丝说:"我们听过你演奏。鲍勃,我们那次听玛戈演奏的是什么曲子?非常精彩。"

鲍勃说:"确实非常精彩。"

"谢谢你,"玛戈说,"我一直在想你们说的不再回维也纳的事。我想,我心里想的是,说坚决不回去就好

---

[1] 德语,意为"我想告诉你一些事儿"。

像在地狱门口示威,不是吗?"

露丝说:"我们从不买德国制造的东西。"

玛戈告诉他们她遇到紫色头巾的事儿,露丝说:"那又怎样?一个反犹分子而已,这有什么新鲜的?"

玛戈回头看了看佩皮,后者继续坐在她刚刚离开的地方。玛戈的头似乎朝膝盖的方向沉了下去。"还有一种可能性是,她是个内心不安的反犹分子。我想她是希望我跟她争辩,说服她。"

"反犹分子就是反犹分子。"露丝说。

"你们俩为什么会来参加罗森拉比的桥梁活动?"玛戈问。

"他恳求我们,他担心犹太人不愿意来。"

玛戈端着咖啡走了,和年轻的施特菲聊了一会儿,结果发现施特菲的母亲上过玛戈以前所在社区的公立小学。玛戈把之前关于瓦尔德海姆的谈话跟施特菲说了,施特菲看起来很反感,说:"Die is Antisemit[1],她是个反犹分子。"

施特菲想让玛戈告诉她自己所记得的学生时代听到过的所有反犹言论,但玛戈什么都想不起来,她觉得很失望。

---

[1] 德语,意为"这就是反犹主义"。

星期三下午，拉比把他们成对分开，到小桌旁讨论。施特菲和鲍勃一组，露丝和塞巴斯蒂安神父一组，绍莎娜和康拉德一组。人们不禁会想，年轻的珍妮·伯恩鲍姆和戴着紫色头巾的人彼此会用什么语言对话，但长着娃娃脸的埃里克和留着大胡子的弗里茨倒很有可能一拍即合。

格蕾泰尔要求和玛戈一组，一种略微的怀旧情绪促使她把她们一起画画的桌子收拾了起来。格蕾泰尔想要忏悔一件事：她母亲曾经带领一个骨干去波兰，她的工作是在那里建立"犹太人之家"，将被驱逐者暂时关押，直到将他们运往最终目的地。格蕾泰尔的母亲会给一个波兰农场的家庭24小时，让他们把能装的所有东西都装上马车，然后离开。格蕾泰尔的母亲曾夸口说，自己从来没有使用过鞭子。

格蕾泰尔问起玛戈的妈妈，玛戈感觉到内心非常抵触，但还是说："好吧。我还记得一些事情。我还是个淘气孩子时，如果没有把玩具放到玩具箱里，妈妈就会生气，不看我，也不和我说话。只要妈妈不说话或不看我，我就没法弹琴，没法做任何事。我就会一直跟着她在公寓里走来走去，一直说：'Sei wieder gut[1]！Sei

---

[1] 德语，意为"快好起来"。

wieder gut！'顺便说一句，这句话也没法翻译成英语。你没法直接说：'再次变好！'"

"'不要生我的气！'"格蕾泰尔建议道："'原谅我！喜欢我！'"

"不管怎么说，"玛戈说，"我就一直跟在她后面说'Sei wieder gut！'，直到她心软，或者更有可能是忘了为啥生气。"

第二天早上，他们坐成一圈，讲述彼此的故事。在讲述玛戈的童年记忆时，格蕾泰尔突然感到震惊，因为她认出了一些只有自己知道的事实：当年还是个孩子的玛戈曾经在公寓里跟着走来走去的妈妈，就是火车上孩子没有看见向自己挥手的那个妈妈，也是被押上开往东方的火车，再也没有回来的那个女人。格蕾泰尔说着哽咽起来，几乎无法调整好继续说话所需的肌肉。

玛戈坦率地叙述了格蕾泰尔的母亲的纳粹生涯。"她从来没有使用过鞭子。"她总结道。

格蕾泰尔说："但她做了别的事情。"

绍莎娜说自己忠实地答应过，不说出康拉德告诉她的他所做过的事。她把椅子拉到他的椅子旁，用右手抬起她那失去功能的左臂，将自己的左手放在康拉德的手腕上："你那时才八岁！"她对他说。

因为格蕾泰尔的感情比自己衰老的记忆强烈；因为康拉德从未曾说出的事情中获益；因为佩皮因受伤而耸起的肩膀；因为夏皮罗夫妇决不妥协的执拗想法；还有萨姆·罗森那坚不可摧的善意……这一切都让玛戈生气，她走出那扇门，叫了一辆出租车。她打开门，走进自己那漂亮宁静的公寓，喝了点残汤剩水，浏览了一下《泰晤士报》，想给女儿打电话但没有打通，又在钢琴前坐了十五分钟，然后再次回到出租车上，以免下午的讨论迟到。

最后一天的早上和中午。格蕾泰尔、施特菲和埃里克带着玛戈去他们发现的街角小餐馆吃午饭。当谈话轻松地变成德语时，他们都忘了她并不是他们中的一员。施特菲非常善于模仿，她故意夸张地模仿鲍勃的样子，嘴里说道："六百万,六百万,六百万。"

埃里克说："你看见露丝故意让袖口不经意松开，好让人看到她手腕上的数字吗？"

"你不觉得这样讲对她不够礼貌吗？"玛戈问。

施特菲说："Na, aber die is immer so hochnäsig[1]。"

"'Hochnäsig'直译过来就是'鼻孔朝天'。真有

---

[1] 德语，意为"好吧，但她总是这么傲慢"。

意思，"玛戈对身边的格蕾泰尔说，"这两种语言都用鼻子来表达傲慢的意思。你知道英语'being snotty'也是傲慢的意思吗？"

他们没再加入施特菲和埃里克的谈话。格蕾泰尔一直在研究玛戈，现在她说："你觉得我们没有权利说露丝做错了什么吗？"

"我觉得你认为她傲慢是不对的，她并不是看不起你，而是她根本没办法看你。对于手腕上刻着一串数字的露丝来说，怎么看你才是正确的？"

格蕾泰尔说："我问的不是这个，我想说的是你们认为我们没有权利批评你们。"

玛戈明白格蕾泰尔说的"我们"指的是"我们大家"，"你们"也是"你们大家"，于是她说："没错。我没法赋予你们这个权利。"她补充道，"请注意，你现在和我说的，是萨姆拉比没有让我们练习的事。"她转向同桌的其他人，说："你们来到这里，是为了什么？"

"我知道答案，"格蕾泰尔痛苦地说，"我们来寻求你们的慰藉，为我们曾经做过的可怕事情。"

玛戈充满感情地看着格蕾泰尔，拍了拍这个女孩的胳膊。

玛戈同意用那架立式钢琴举行一场小型独奏会，这架钢琴不仅在外观上像酒吧钢琴，音色也很像。她微笑地朝着格蕾泰尔·明德尔，演奏了《平均律钢琴曲集》的第一前奏曲和赋格曲。随着演奏的进行，格蕾泰尔哭了起来。

随后，每个人都跟着萨姆拉比上楼参加安息日仪式。他让维也纳的访客站起来，向会众介绍，并宣布今天布道的主题，就是"桥梁"。

他们回到楼下时，没有窗户的会议室已经焕然一新。小桌子被重新排列成了一张长桌，上面还盖了一块布。吃沙拉的时候，萨姆让他们围桌而坐，讲讲这次工作坊如何改变了他们的生活。

康拉德再次跳过没说。绍莎娜交到了朋友，重新燃起了对人类和解能力的希望。施特菲发誓未来听到一切反犹言论都会起身质疑。珍妮和埃里克都打算回去后让他们那不怎么情愿的母亲讲讲自己的往事。而科恩正考虑退休后去维也纳。露丝说："鲍勃和我打算住在以色列。"

"我要去以色列。"格蕾泰尔说，她的机票不是回维也纳，而是飞往耶路撒冷的，她在那里的大学注册了六个月学习时间。"我要去学习希伯来语。"她说。

"我要去洛杉矶看我女儿一周，"玛戈说，"然后回家练钢琴。"

吃鸡肉配菜期间,萨姆拉比宣布了另一个工作坊的计划,由塞巴斯蒂安神父的教堂赞助,他希望纽约的参与者能去维也纳参加这个工作坊。

"我会去的。"绍莎娜说。

"我想让我妈妈去。"珍妮说。科恩觉得,到那个时候,他可能已经在维也纳拥有一套公寓了。

吃巧克力夹心蛋糕时,塞巴斯蒂安神父站了起来,向维也纳流亡者提出了一个请求。

"我不是流亡者。"露丝说。

"给维也纳写封信,告诉我们你们对我们的想法。"塞巴斯蒂安神父说。

手腕上刻着数字的红头发露丝说:"我从没有想到过你们。"

"来吧!来参加工作坊吧!"格蕾泰尔对玛戈说,"来我的公寓住。"

"谢谢你,"玛戈说,"我不知道我还会不会回维也纳。"

格蕾泰尔过来帮玛戈找她的外套,她说:"请原谅我!"

"原谅什么?"玛戈问,"我不知道你做错了什么。"

女孩拿着玛戈的外套,哭着说:"我在学希伯来语!"

"我自己都已经忘了。"玛戈说。

格蕾泰尔看着玛戈把一只胳膊伸进一只袖子,又把另一只胳膊伸进另一只袖子,她觉得时间不够了。这时,塞巴斯蒂安神父过来,再次邀请玛戈去维也纳。然后,他握着玛戈的手告别,玛戈也与埃里克和施特菲握了握手。"再见,小珍妮。再见,夏皮罗!"她拥抱了他们,"再见,绍莎娜。再见,科恩。"大家都在互相握手,除了康拉德,他没有来参加门口的告别仪式。紫色头巾也没来,她已经提前离开了,没人注意到。"谢谢你,罗森拉比!"玛戈说着走了出去。

"Sei wieder gut!"格蕾泰尔在她身后喊道。

玛戈突然意识到,她没有跟格蕾泰尔说再见。她本来是想跟她说的,她以为自己要转身向她挥手,但她还是继续往前走着。

离婚

莉莉想起最终裁定后大约一个月的那个早晨,她打电话给亨利:"你还记得我们到底为什么要离婚吗?"

"你总是觉得一切都可以解释清楚。"亨利说。

"哦,你又来了!"她说,"这是我'总是'觉得的事情之一吗?"

"如果你是打电话来和我吵架的,你得在我喝完咖啡以后再打过来。"亨利说。

"还有什么我'得'做的事吗?"她说完,挂上了电话。

莉莉记得就是那天,她们的朋友简和约翰尼来了城里。"这全是我的错,"莉莉对他们说,"亨利和我也就尝试了三分半钟的心理咨询。我告诉心理医生我爱唠叨,比如亨利会一手给我端着咖啡,另一手拿着他自己的咖啡,这时候我一定会唠叨他应该用托盘,他也总是答应,但从不改正。心理医生就说:'听起来你们俩对此都很满意啊!亨利能继续按习惯做事儿,而你也能继续唠叨。'"

"你再说一遍?"约翰尼问。

简说:"你们俩不按套路出牌,你们这时候应该互相指责啊!"此时,简和约翰尼已经去亨利的临时单身公寓探望过。"亨利也说,这全是他的错,说他知道自己选择性地听你的话会让你生气,但他也不知道自己为什么会一直这么做。"

"可不是嘛,然后,"莉莉说,"终于有一天,亨利把他的结婚戒指送到了洗衣店,我则把我的扔出了窗外。"

"你们都干了些什么啊!"简和约翰尼说。

"都不是故意的。亨利洗漱时把戒指摘了下来,以防掉到下水道,他说他随后放进了衬衫口袋,然后就忘了。肯定是随着送洗的衣服一起送去了吧。我呢,因为最近瘦了点,我还记得自己的结婚戒指有点松了,当时正在开窗户,结果戒指一掉下去我就知道了。亨利和我还一起坐电梯下去,在人行道上找呢。"

莉莉继续在旧公寓生活,亨利因为工作关系搬到了伦敦。两人后来都再婚,孩子也都长大了。彼此再没有机会联系,所以直到今年一月,莉莉才听说亨利在去年十一月去世的消息。这个消息让她非常震动,因为之前莉莉没有意识到自己会这么想他，但他死了，一切似乎就不同了。她本不知道自己一直都指望亨利还活着，更让她难过的是，她竟然在亨利已经不存在的世界里游荡了三个月。

莉莉并不想寻找自己在四十年前扔出窗外的结婚戒指。

她当然不相信这枚戒指，这枚手工打制得相当不错的戒指，在经历了这么长的时间以后，还会一直在那儿，任何人随时都可能找到并带走它。但是现在，每次穿过人行道回家的时候，她的眼睛都会盯着排水沟，盯着墙与地面相连的证明这房子正日益破败的高低不平的拐角，盯着沥青广场那些接缝填塞之处，寻找那失去的金色光亮。

肺炎记事

我已经九十二岁了,焦虑的孩子们竭尽全力把我和感染新冠肺炎的病人隔离开来,结果也把我和他们分隔开了,因此根本不知道我已经停止进食。在我打电话问P医生是否有促进食欲的药时,我都不知道自己生病了。

当我还是孩子时,每次生病,妈妈都会把沙伊大夫找来,他的医疗包有个大大的开口,他会让我打开合上地玩。沙伊大夫坐在我床边,戳戳我的肚子,听听我的后背,看看我的耳朵,然后我就会好起来。这可能是我作为欧洲人对医生的传统敬畏的结果,但我不知道P医生问了我哪些问题,或者我可能说了些什么,导致一个戴着面具的医务人员出现在我家门口,还带着心电监测仪,不到中午,救护车也来了。我本以为当天晚上就能回家,结果我被带到了急诊室,在那儿做了新冠肺炎检测,结果是阴性,然后我被转移到非新冠肺炎病房,后背还连着一根管子,抽取胸腔里的积液。

我和病友中间的桌子上放着一个塑料水杯，因为没放稳，我倒水时倒了下来。在连接电视遥控器和其他一些我永远也搞不清用途的仪器的一堆电线中，我找到了呼叫按钮，但谁也没有出现，来清理我制造的这个湿漉漉的烂摊子。

我没看到病友的脸，只是透过从天花板悬挂下来的半透明帘子的缝隙，看到那双优雅的、浅棕色的手在动，让我意识到有人在这里，让我情不自禁地又听到在接诊护士让我记住"门""街道""狗"这三个词儿之后，我对她那些问题的回答：是的，我知道自己的生日，知道今年是哪年，今天是星期几，我知道自己在哪里。她问我考虑过自残吗？没有！我是否觉得不值得活下去？只在后背疼的时候这么想过吧。我能把 world（世界）这个单词倒着拼写吗？我还记得那三个词吗？"门""街道""狗"。

只有我和病友，她在帘子那头发出很低的声音，我听不清楚，但我觉得应该是在责备我声音太大了，这是接诊护士问了我那些问题后导致的自觉反应。

六点了？现在是早上还是晚上？我睡着了吗？病友还在说话，还将一个苹果放进白色床单里，她把苹果放进去，又拿出来。她赤裸的左脚伸进床单，又伸出来。

她把苹果放进去，又拿出来。她用那种低于人类说话音量的声音不停地说着话，显然不是在打电话。我的病友是个自言自语的疯子，她把手伸到我的床上，拿起了我的黑色拉链包，放到了她床单的下面。我的喘息声惊动了护士，护士把我的东西救了回来。

一个晚上过去了，早上到来，又是新的一天。病友今天一片沉寂，不发一言。她睡着了吗？她一整天都在睡觉吗？有人过来把她推出了房间。我脑子里的故事告诉我，我的疯子病友死了，但护士说："不是，只是把她转移到了另一间病房。"但难道她不是故意这么说的吗？我永远也不会知道，就在这一天，这个人是否就死在了我身边的床上。

"我是布伦达。"新病友自我介绍道。

"我叫洛尔。"他们把我的衣服和其他东西放进一个带拉链的塑料袋里，把我转移到同一层的另一间病房。布伦达是新泽西州人，而我是维也纳人。布伦达是一名退休护士，当楼层护士走进房间时，两个女人因为认出了彼此而尖叫起来，她们之前曾在一起工作过！圣文森特医院关闭多久了？布伦达和我注定会无意听到彼此与医生或孩子打电话的声音，在这新冠肺炎疫情期间，孩子们是不允许探视的。当我听到布伦达和女儿的对话时,非常感动,我听到她对她女儿说:"我爱你。"

布伦达和我高谈阔论道:"每个人都有自己的起起伏伏。你知道我在说什么吧?"

"该怎样就怎样吧。"我回答。布伦达穿好衣服准备回家,她的女儿正在楼下的接待处等她。我们会记得彼此的,我们这么对对方说。

下一个病友很痛苦,她一直在哭,一边哭一边问:"上帝啊!为什么?为什么?为什么?"医生们来了,在回答她的问题之前就把她推走了。我也没看到第四个病友的脸,在不和护士吵架,也不和自己吵架时,她就用尖厉的嗓音唱歌,那复杂的旋律时起时落,我的耳朵既不期待,也不理解。后来她也走了。

病友安妮是在我睡觉时住进来的,她是位高个子的非裔美国妇女,她告诉我她今年七十四岁,我告诉她,我九十二岁了。

我们都是当祖母的人。我羡慕并嫉妒安妮还能拄着拐杖行走,因为我已经用上助行器了。我递给安妮一根香蕉,而她递给我一杯勉强称得上是咖啡的东西。我儿子雅各布在前台给我留下的咖啡又好又醇香,但因为不利于心脏健康,已经被没收了。安妮总是替我留意着我在白色床边寻找的各种东西。"在哪儿,在哪儿,我的呼叫按钮在哪儿?"

"就在你膝盖的另一边。"安妮告诉我。

"我把手机放哪儿了?"

"你放进包里了。"

谢谢你,安妮。

交通和走廊。像半只灰色的大象的 X 光机被推进病房,推到我身边,但我还必须被推着去做 CT 扫描、核磁共振、超声心动图和超声波。转运部是单独的部门,人手显然不足。我不得不等着两个护工来帮我推床,我躺在床上,沿着长长的闪闪发光的白色走廊前行。我曾在一个故事里写到过这种空间的永恒感。在这里,你要去的地方,和你来的地方或正在经过的地方没有任何不同。

为什么那两个戴着口罩、穿着蓝制服的人这么确定这些毫无区别、了无人迹的走廊有尽头,或他们远程打开并将我推进去的门会把我们带到该去的地方呢?但他们确实了如指掌,知道该绕过哪个角落坐上电梯,电梯会把我们带上去,或带下去,到某层楼,然后我们再穿过一座廊桥——与另一栋楼里相同的白色走廊相连,前往放射科。当把我停在放射科门外等候时,他们还没有解决那个年轻护工的新女友问题呢。

检查。一个戴着面具、穿着蓝色制服的 CT 操作员将我双脚向前，推入一个巨大的金属"甜甜圈"中。这个机器会说话，告诉我什么时候该呼吸，什么时候要屏住呼吸。然后，CT 操作员又把我推回走廊，留在之前等待的地方，等着护工把我推回病房。

不管白天还是黑夜，医院里都像处于聚光灯下一样灯火通明，在这单调的白色中，没什么特别吸引眼球的东西。就算有门，也只能从另一侧打开，因为从这边看不到门把手。CT 室里也没有任何声音，因为 CT 操作员已经回家了。

等待。我把手表放在病房的床头柜上，想着检查时可能没地方放。等公共汽车，等电梯，等医生来，或等转运部送我回病房，一分钟和五分钟没有区别，就像十五分钟和一个小时没有区别一样，都是没有尽头的时间单位。

这时有个人走了过来，一个穿便衣的男人，我叫了他一声，告诉他我的名字，请他告诉别人去提醒转运部，我就在 CT 室外面等着，已经在走廊里等了好久。他不想管我的闲事，只告诉我需要等转运部腾出两个有空的人。穿便衣的人需要去一个地方，他走开，不见了。

再也不会有其他人出现了。如果我在聚光灯下大声尖叫，发出很大的声音，会怎么样？但我并没有尖叫，他们来了，另外两个戴口罩的蓝制服，他们知道去廊桥的位置，沿着走廊，穿过几扇门，把我带回了病房。

一声尖叫。当天晚上，或是随后一天晚上，或是再后面的晚上，有人在尖叫。"那是什么声音？"我问来记录我各项指标的护士。我希望她否认说，那不是我不想听到的声音，不是我愤慨地不得不忍受的声音。但是，"是疼痛"。护士这么回答。这是毫无保留、毫无羞耻、毫无自我意识的人类尖叫。这声音持续了几分钟，谁应该去做点什么吧，不该这样吧，人们不该听到这样的声音。这时我忽然想起了伊凡·伊里奇的妻子和女儿，以及他女儿的未婚夫，还有他正在上学的儿子，不得不听着他一天一夜号叫的事。

尖叫声停止了，对吧？尖叫声一定在某一时刻停止了。

护士。今天的医学已经不通过放血来治愈病人了，但住院的一天是从护士用针扎我开始的，这一针扎坏了我不稳定的静脉，所以她不得不扎了第二次、第三次或更多次，放满三小瓶血，好让医生了解我体内的情况，让我在九十多岁时还活着，她不像沙伊大夫那样，就坐在我的床边。

打针的护士检查我的生命体征。她是一名 RN，也就是注册护士。还有一种 CRN，即注册认证护士。我不知道 BN 代表什么，但 QIEN 是质量改进执行护士。在医院里，我们通常会遇到接诊护士、护士长、科室护士和助理护士长，但这些人里没有一个会误认为自己是真正的护士，因为每次我需要去洗手间而不停地按呼叫按钮时，他们都忙得没时间理我。

这是个不言而喻的真理：一直以来都有，将来也会有善良或优秀的护士，但也总会有其他护士，其表现在一分到十分的范围内。

当我为又打翻了一杯水而道歉时，好心的护士会说："没关系，宝贝。"

"没关系，老妈妈。"她说着，一边把压在我酸痛后背下的床单整了整。她的手是我的朋友。我的脖子下面要不要垫个枕头？

而其他护士，也就是那些不回应我按铃的护士，大多数情况下，也并非故意刻薄。他们有太多事要做，需要忙一切，就是不想再次带我去上厕所，这我能理解。只要可以，她会按要求去做，但这可能不包括听我讲笑话。此外，她不愿意微笑。

调查：我建议通过不回答调查问卷来进行一场小小的温和抵抗。

在医院期间，护士对你礼貌和尊重的频率是怎样的？

总是，通常，时常，有时，从不？是的。

从一到十？不。

我最喜欢的护士和新朋友。他叫以利沙，是个留着胡子的三十多岁的黑人，他教我如何在 iPad 上连接医院的无线网络，还问我知不知道女士和宠物狗的故事。

当然知道！这是我最喜欢的契诃夫故事。

以利沙一有空就来我房间，我们一起聊契诃夫。

他告诉我，他的一个老师把他介绍给了科尔内尔·韦斯特，韦斯特把他送进社区大学，他因此接触到了契诃夫。以利沙还上了一门圣经课，正在读罗伯特·奥尔特翻译的《圣经·申命记》。

这就到了我想要炫耀的地方了："罗伯特·奥尔特曾经当过我的老师。"

"你认识罗伯特·奥尔特！"以利沙大叫了起来。

终于到了出院的日子，我穿好衣服准备回家，我的女儿比阿特丽斯在楼下接待处等我。

以利沙和我互相发送电子邮件,因为他,我开始重新阅读契诃夫,当他问我接下来他应该读什么书的时候,我向他推荐了托尔斯泰的《伊凡·伊里奇之死》。

卧室课

我的公寓在十二层,床对面的窗户朝向正东。多年以来,甚至几十年间,我一直在想办法防止早晨的阳光照进来,因为我的眼睛对光线过敏,这让我每天都很头痛。为什么我不简单地把床挪开,或者拉上窗帘呢?因为我不相信"简单",似乎这么一来,移动点什么东西,或把什么东西遮住哪里,就能保证解决问题似的。

我的卧室有很多优点:在床对面朝东的窗户旁边,还有两扇朝南的窗户,一个步入式衣帽间,以及通向浴室的门。也因此,没有一堵墙能把床搬过去靠着,或搬到哪里就能让我的床不对着让我头痛的光线。所以我打算找找遮光的窗帘,我尝试了各种不同重量、不同厚度的材质,试用了双层或带内衬的窗帘。每一款都花时间去研究、购买、安装,然后觉得还是不如之前。德语里有"Tücke des Objekts"的说法,即无生命之物的恶作剧。我不知道是否可以把光线说成"物体",但我确实感受过它的恶意。我买的新窗帘越能有效地阻止光线，在不可避免的左右边缘，光线就越集中，刺激着我的畏光症。

我不记得自己是不是做过什么决定，也不记得到底是哪一天、哪一刻我承认自己失败，再也不寻找窗帘了。有一年，我还装了漂亮的现代式垂落百叶窗，但也不能保证将光线完全挡在外面，而且它还不断发出声响。所以现在，我已经换回普通百叶窗好久了。这些百叶窗清理起来很麻烦，但我逐渐学会了欣赏它们水平的线条，让它们一直保持在打开状态，让我的三扇窗户外的世界看起来非常有条理。

这些天，我一醒来就面对着横亘眼前的黎明天色：两扇朝南的窗户让我看到了我的第二故乡——纽约清晨的广阔天空，穿过附近屋顶上的水塔，穿过各式各样方形和铅笔状的高楼，我能一直看到帝国大厦。

东面的窗户外，一座新起的三十二层玻璃塔楼改变了我从床上看出去的风景。它将天空切去一块，但还是给我留了一条缝，在晴朗的早晨，我能看到日出。德里达曾打算做一件他没想到根本做不到的事儿，即绘制不断变化的日落图，将每一时刻点滴的变化记录下来。我想告诉你的是，黎明并非玫瑰色手指的颜色，它最初是极端苍白和鲜明的绿色,然后是橙色,逐渐变成金色,然后有很长一段时间会在玻璃塔楼里燃烧,就像无法阻挡的火焰。我的畏光症?我这么大把年纪还要忍受头疼?我已经不再抱怨,不想再阻止光线照耀吗?今天,我把它从每扇窗户请进来,在我的房间里弥散,对我再也没有伤害。

相对时间

阿尔伯特·爱因斯坦和莎士比亚笔下的罗瑟琳都认为，时间在不同的人身上以"不同的步伐"流逝。罗瑟琳说，对少女来说时间慢步走向婚礼，对小偷来说是奔向绞刑架的。我现在想说明这样一个理论，即对于非加速观察者（这些观察者正在约定的时间或地点等人）来说，时间移动得更快还是更慢，还想分析一下不同的人赴这次约会时的不同速度。

我相信，有三种行动者：一种总是迟到；一种总是情不自禁地早到；还有一种令人钦佩、羡慕的人类亚种，总能毫不费力地按时到达。

先说第三种，假设他叫霍拉肖，也许此人可以不受情绪支配，无须多花时间思考，就知道穿衣服该花多长时间，什么时候该出门。

他能准确地估计事情需要花费的时间，以及自己所在的位置和需要到达的位置之间的距离。此外，霍拉肖有信心，在不远的将来，路上不太可能出现海啸之类的自然灾害阻挡他的去路，他也不会从前门的台阶上摔下来，或走到街角，才想起自己忘了拿写着地址的纸条，需要跑回家寻找。

作为我母亲的女儿，我自己属于第二种类型。在漫长的一生中，我花了太多时间在街区走来走去，或因为到得太早而必须在附近找地方喝一杯不必要的咖啡。

我母亲呢，她总是会假设下楼时会摔断腿，或发了"洪水"，或纸条上的地址会改变位置，改变环境，所以总是需要多留出半个小时，当然一个小时更好。如果她需要花四十五分钟或一个小时，赶上两点钟的约会，那她总会在十二点三十分动身，甚至中午十二点动身以确保不会出现任何意外。

现在，因为担心万一发生什么事让她无法在十二点离开，保险起见，她会选择在十一点离开家门。每次出发前一两个小时，这类行动者就会感到无比焦虑，胸腔起伏，腹部翻腾，担心着海啸、摔断腿和丢失地址等所有可能发生的情况。

最后一种就是比阿特丽斯，她是我最喜欢的人之一，刚答应了两点要来我家。她一出生我就认识她了,但我不知道她是否知道自己会迟到一个小时,或一个半小时。她唯一知道的是,我一向认为她会迟到,这让她很恼火。

毫无疑问,比阿特丽斯的脑海中深深记得我们两点钟的约会,她也打算按照承诺和约定准时到达。事实上,此刻就是两点,也许前后也就一二十分钟吧,生物钟告诉她应该穿好衣服,到后院采摘些她打算带给我的好东西:一些西红柿,一袋罗勒叶,还有黄瓜。比阿特丽斯带着狗快跑一圈之后为我从自家后院采摘的新鲜黄瓜,是这个世界上最好的黄瓜。她相信在四十五分钟开车到我家的路上也没什么交通拥堵,她也不会找不到停车位。于是,她迅速回了几封已经拖了好久,让她有点良心不安的电子邮件,忽然又想起洗衣机里的衣服需要拿出来晾干,然后,比阿特丽斯上了车,来到我家。以我的时空经验,这已经晚了一个或一个半小时。

有什么办法呢?比阿特丽斯必须学会管理时间才能准时,她非常愿意学习,但完全做不到。又或者我应该学会不介意,认识到比阿特丽斯是否会迟到在这个世界或大或小的计划中并不重要呢?但这一点,我也做不到。

我们需要学会的是:对彼此有耐心,对自己有耐心,忍受我们在彼此时空中的不同步伐。

淑女们的线上会

"还记得我们上次见面吗,"贝茜说,"就是那次临时聚会,一个……一个……当然不是葬礼,我们坐在那儿讲洛特的事那次,我怎么不记得是哪个词儿来着?"

"我觉得,"法拉说,"没能去'绿'……绿什么来着的那个地方看她,我们都感到遗憾和难过,不是绿园,也不是绿野,是叫绿地?绿安?反正是绿东西,漂亮的地方,偏僻的乡下。"

"我们为什么会觉得那是个漂亮的地方呢,"贝茜说,"我们最后都没能凑齐一车人去那个地方,他们管那个地方叫什么来着,就是洛特的儿子让她去的那种老人住的地方?去看她?就是那个从芝加哥来的儿子?"

"他的名字,"露丝说,"有本书里,有个主角和他的名字一样,叫什么来着?天哪,难道我竟然忘了那是谁,那个早上醒来发现自己变成了虫子,不知道是什么虫子,在空中挥舞着六条腿的那个家伙……"

布里奇特说:"下次我要是再想不起一个词儿,我会找到最适当、最简洁的方式来表示,同时致歉……"

"如果,"法拉说,"你还能想起道歉的词儿的话。"

"关键在于,"贝茜说,"如果你所记得的词儿无法凑成一个句子,就别开口。"

"或直接承认失败,"伊卡说,"完全放弃说话。"

"哦,别,别,别,"霍普说,"哦,不要停止说话。"

下一次聚会,为了回应孩子们的焦虑,露丝提出尝试在线上举办"淑女午餐会":"如果谁有话要说,就举手示意,这可能是个好主意,"她对大家说,"我们有四十分钟时间,如果我能搞清楚如何操作,也许还能再多四十分钟。"

他们肯定会抱怨这项技术:"我们是对着自己面前的小屏幕说话,根本不是对彼此说话。"

只有法拉举起一只手说:"就是这项神圣的技术让我能把卡夫卡、简·奥斯丁的所有作品,以及《李尔王》和《梅西知道什么》都放进手提包,还能把字母放得足够大,这才看得见。"

贝茜有了个聊天主题:"我想问一下,是不是我们所有人都想整理一下,把留给孩子们处理的事情简单化呢？我有一堆档案，再也不会去读了，但也没法扔掉，因为我必须重读一遍，才能知道哪些是我再也不会读的东西。"

布里奇特说："洛特死后，我本想把她从我的通讯录中删掉，但我没删，做不到。"

电脑屏幕上所有活动的小图标上下点着头，只见贝茜开口说："我知道，我知道。我有一抽屉几十年前的通讯录，都是我一直不肯扔的死人联系方式。不管是死是活，事实证明，我们没法把一个人扔掉。"

伊卡说："做不到，或没去做。甚至是我不记得的人，我不知道名字的人。伙计们，你们能容我再讲一个老故事吧？"

"讲吧讲吧。"她们在电脑上的小图标都在点头。

"我妈妈最喜欢的夏日星期天，"伊卡说，"是在维也纳的公共游泳池度过的。大公园里一般都有一个或几个带更衣室的游泳池。我想，我努力地回忆，但现在这个世界上，没有一个活人我可以去问：那里是不是还曾经有个能坐下来吃饭的地方？还是妈妈带了野餐？给孩子们准备的是一种甜甜的红色气泡饮料，柠檬汽水。我还有一本相册，有一盒盒照片，我移民的每一步旅程都带在身边。照片上是一排排坐在长椅上欢笑的堂表兄弟姐妹，还有他们的家人和孩子们。我还记得他们的名字，马克索、米克洛斯、卡尔、迪塔和米拉，但已经分不清谁是谁了。你们看，我在这里放了公共游泳池的照片，那个像猿猴一样的滑稽演员是谁？还有几张某个男人一模一样的照片，这个男人我没见过，但他的照片我也没扔掉。到底是什么神圣观念的残余，阻止我们抹去一个人呢？"

"这就是被抹去之谜吗？"霍普说。

然后他们的四十分钟就结束了。

致谢

我已故的丈夫戴维曾说，编辑的职责是了解作者想要表达什么，并帮助其达成。为此，我需要感谢一二图书出版社（Sort Of Books）的纳塔尼亚·扬兹、梅尔维尔出版社（Melville House）的瓦莱丽·梅里安斯，以及在《纽约客》工作了几十年的克雷茜达·莱申。没有他们的友谊，这本书就不会是现在这个样子。

洛尔·西格尔
2023 年 1 月于纽约

出版历史

洛尔·西格尔于 2007 年在《纽约客》上发表了她的第一个"淑女午餐会"故事,并于 2022 年夏天发表了最新的《软雕塑》。为了出版这个作品集,她又写了三个新的故事,并将其与之前发表在《纽约客》和其他地方的以相同人物为主角的故事按顺序组合在一起。"其他故事"部分则包含了三个已经发表的故事,以及三个全新的、以前未公开发表的回忆录片段。

其中的几个故事收录在《我没有保存的日记》(梅尔维尔出版社,2019 年版)中。这是洛尔·西格尔的作品选,收录了她的部分小说和散文节选。

淑女午餐会

露丝、弗兰克和达里奥,《纽约客》,2020 年

有关马提尼和遗忘的日子,《顿悟》,2018 年

洛特是如何失去贝茜的,《第五星期三杂志》,2016 年

阿尔比斯元素,《纽约客》,2007 年

软雕塑,《纽约客》,2022 年

李尔娘,之前未发表,2022 年

在角落里无法看到,《纽约客》,2021 年

淑女午餐会,《纽约客》,2017 年

没有牙齿,没有滋味,之前未发表,2022 年

其他故事

蒲公英,《纽约客》,2019 年

修复,《美国学人》,2008 年

离婚,《埃格评论》,2017 年

肺炎记事,之前未发表,2022 年

卧室课,之前未发表,2022 年

相对时间,之前未发表,2022 年

淑女们的线上会,之前未发表,2022 年

译后感

这十六个小故事,如同空中飞舞飘落的一片片雪花,似乎有着自己的色彩,自己的故事,各自起承转合,又联袂组成生命本身,不经意地碰触着我赤裸的神经。有人说这些故事没什么实用价值,有人说这些主题毫无新意,只不过是一些渺小的个人回忆和情绪,带着伤感的微笑,去面对往昔,不论是曾经的爱恨,背叛还是战争,隔着时空的距离,似乎都可以而且必须放下,都不必激烈。因为这就是老去,我们的日子是习惯了病痛缠身,是脆弱到一碰就碎的骨骼,是眼前越来越模糊的世界,是无法按照自己的愿望从自己的窗户去看熟悉的风景,是还活着但已经死去……但同时也是和解,是明了一切之后的接受。

但是,这样的故事,却是以如此短小轻逸的笔触写成,在翻译过程中我不断感叹,西格尔老太太似乎什么也没说却又似乎表达了生命的全部秘密，也许一个人活到了耄耋之年，她所看到的生命，就是这样一个沉重又轻灵的玩具，过往的一切喜怒哀乐，只不过是这个玩具的一个个组成部分，可以拆解、拼接、组合，然后再展示给自己和别人看。

曾嵘

2023 年 12 月于北京

图书在版编目（CIP）数据

守灵夜和葬礼是老年人的派对 /（美）洛尔·西格尔
著；曾嵘译. -- 北京：中信出版社，2024.2
书名原文：Ladies' Lunch
ISBN 978-7-5217-6133-7

Ⅰ.①守… Ⅱ.①洛…②曾… Ⅲ.①短篇小说－小
说集－美国－现代 Ⅳ.①I712.45

中国国家版本馆 CIP 数据核字 (2023) 第 221124 号

Ladies' Lunch & Other Stories by Lore Segal
Copyright © Lore Segal 2023
First published by Sort Of Books, 2023
Simplified Chinese translation copyright © 2024 by CITIC Press Corporation
ALL RIGHTS RESERVED
本书仅限中国大陆地区发行销售

守灵夜和葬礼是老年人的派对
著者： ［美］洛尔·西格尔
译者： 曾嵘
出版发行：中信出版集团股份有限公司
（北京市朝阳区东三环北路 27 号嘉铭中心 邮编 100020）
承印者： 嘉业印刷（天津）有限公司

开本：880mm×1230mm 1/32　　印张：4.5　　字数：76千字
版次：2024 年 2 月第 1 版　　印次：2024 年 2 月第 1 次印刷
京权图字：01-2023-5340　　书号：ISBN 978-7-5217-6133-7
定价：45.00 元

版权所有·侵权必究
如有印刷、装订问题，本公司负责调换。
服务热线：400-600-8099
投稿邮箱：author@citicpub.com